衛斯理小說典藏版 34

在數難逃

衛斯理
親自演繹衛斯理
《在數難逃》

新之又新的序言，最新的

衛斯理小説從第一次出版至今，歷時已近半世紀，總共出了多少正版，還能計得清，若是連盜版一起算，那就算找外星人來算，也算勿清楚哉！不知能不能也算世界紀錄。

算得清好，算勿清也好，能幾十年來不斷出新版，説明不斷有讀者加入，對作者來説，沒有更值得高興的事了，謝謝所有喜歡衛斯理的人，謝謝謝謝。

倪匡

二〇二〇年六月四日 香港

幾句話

寫了四十多年小説，論者將拙作分為三個時期：早、中、晚。在明窗出版的一批，屬於早期和中期的上半。三個時期的創作風格有相當程度的不同，所以風評不一。本人並無偏愛，但讀友對早期的作品，頗有好評，大抵是由於在早、中期作品之中，主要人物精力充沛，活力無窮，所以使故事曲折多變，小説也就格外吸引。明窗出版社此次重新出版這批作品，正好讓大家來證明這一點。

四十餘年來，新舊讀友不絕，若因此而能有新讀友，不亦快哉！

倪匡

二〇〇五年十一月六日

序言

在數難逃？

是的，在數，必然難逃。若是逃得過去，只說明一種情形：不在數。

劫數充塞於天地之間，天地之間億萬物億萬事，在在在數，無一能免，雖都在數，但總是小事，即使一旦地球數盡，重成高溫氣團，也是小事，不過宇宙間少一粒微塵而已。明乎此，可免心長戚戚，坦然任劫數縱橫，由得它去。

衛斯理（倪匡）

一九九四年二月二十七日

宵來半睡半醒之間，忽得一長聯，醒而憶之，居然近況，錄之，可博一粲：

酒醉飯飽腦滿腸肥體重逐日增三五盎司衣帶漸寬贅肉纍纍想除去一磅猶如磨杵成針

風清水冷月明星稀閒思每秒達千百光年天地遽闊愁慮渺渺欲尋來半分拾似緣木求魚

橫匾是很「文學」，嗲絕人寰，不負聞而骨痺之責，曰：「靈魂與肉體」。

目錄

第一部

女嬰

「暗號」的故事告一段落，將來的發展如何，誰也不能預測。事實是，二活佛轉世靈童的確立，遙遙無期。若有人告訴我，說這件事就此不了了之，我也不會太奇怪。但推測最大的可能，是裝模作樣一番，表示找到了，做一場熱熱鬧鬧的戲，反正一切全在控制之下，受牽線人牽扯的傀儡，是什麼形狀，都不重要。

和「暗號」相恍的是「密碼」，我有一個有關密碼的故事——那不是普通的密碼，而是和一切生物有關的生命密碼。這個密碼的重要性，無可比擬，或者說，只有生命本身，才能比擬。

有一些現象，十分神奇，也大是有趣。所謂生命密碼，自然是一連串的數字所組成。而在中國傳統的玄學上，許多和命運有關的運算和推測，也由一連串的數字組成。使得命運和數字，產生了不可分割的關係。

尤有進者，命運乾脆直接稱為「命數」。又有「劫數」這樣的名詞。

這個故事的名稱「在數難逃」，也是一句成語，意思是，只要是早已在數的，就逃不過去。

而所謂「在數」，亦通「在劫」，是指早已注定了要發生的一些事——這些事，注定要發生，那就一定會發生。

這種情形，至今為止，還只屬於玄學的範疇。

但是生命密碼——脱氧核醣核酸的組成密碼，卻已經是現代科學實驗的證明。但是，密碼的確實數字，卻還是一個謎。

從已研究得出的結果來看，這個生命之數，十分驚人，至少超過一千位數字。因為研究所得，黑猩猩和人類的生命數，有百分之九十九點九幾相同。由此可知這數字要由幾千位數所組成，因為猩猩和人，實際上相差極大——人和人之間，也絕不相同，相差一個數字，就是絕對不同運命的兩個人，而世上人口如此眾多，這個命數的複雜程度，也就可想而知了！

若兩個人，一個是天才，一個是白癡，他們之間，生命之數的差別，一定比人和黑猩猩之間的差別更小。所以，「天才和白癡只是一線之差」這種説法，不僅是文學上的，也是科學上的。

若是有朝一日——理論上來説，這一日是必然會來到的——生命之數的謎被解開了，那將是怎麼樣的一種新局面呢？

有兩種可能的情形。

其一是，謎雖解開，人人知道了自己的命數，但是卻無法改變。於是，每個人對於自己的生命，一清二楚，未來會發生什麼事，都早已知道。

如果出現了這樣的結果，那真是可怕之至——可是妙的是，在這樣的結果未曾出現之前，人類都熱中於通過各種方法，想去預知將來——我曾不止一次指出過，人若有了預知能力而無法改變，將使人生變得可怕和乏味，至於極點。

其二是，命數之謎，一經解開，可以改變，那局面如何，可以提供豐富之極的想像餘地。既然在一千多位的數字之中，天才和白癡的相差，不過是一位或兩位數，那麼，改上一分，人人可以選擇做天才，或是做白癡。

（別以為不會有人選擇做白癡，從目前的情形來看，大多數的白癡，都比天才快樂。）

若改變稍多一些，人也可以變成黑猩猩，或者是其他的生物——在我早期的叙述之中，就曾記述了一個富翁，求助外星人，變成了一隻深海生活的「細腰棘肩螺」的故事。

理論上來說，通過生命密碼的改變，人可以變成任何生物，甚至是一株波斯菊。

那會是什麼樣的一種情景？

當然，就算出現這樣的情形，先決條件，是要人的自由選擇權有切實的保障——別忘記，如今人類已早稱進入文明世紀，但是在很多地方，是連遷居的自由都沒有的。看過這種人為的環境已改變，只怕解開了命數之謎，選擇十歲不老的生命之權，還是操於少數特權者之手，那不如讓生命之謎永遠是個謎算了。

閒話說遠了，卻說「在數難逃」中的「數」，未必一定是災難性的壞劫數，總之是「命數」，好的、壞的只要是命數中的，都難逃。

命中注有痛苦悲傷，難逃；命中注有快樂幸福，也難逃。你去努力追求，結果是這樣；你根本沒希望過怎樣，結果還是怎樣。

太「宿命」了，是嗎？

是的，只要是生命，都脫不了命數。

你不信？我不和你爭辯，你信了，也沒有損失，因為事實不會變更。
不管信還是不信，且聽我說這個「在數難逃」的故事。

我和七叔重逢，要說的話，不知多少。七叔是我從兒童到少年時期崇拜的對象，我一生受他的影響至巨，他當年神秘失蹤，一直到那麼多年之後，才重又出現，我心中要問他的問題之多，難以計算，可是真到了要問時，卻不知該先問哪一個才好了！

這是一個很奇特的場景——在一般的故事安排中若出現了，會被譏為「不通」，但在現實中，卻出現了。我把七叔請到家中，喝着酒，準備靜靜地聆聽他一說這些年來，在他身上，究竟發生了一些什麼事。

我，白素，還有紅綾，以及那頭鷹。

七叔簡直不開口，他在喝了不少酒之後，只說了幾句話：「你這些年來的事，我大體都通過你的記述知道了！」

他對白素說的話，也簡單得可以，只說了一句：「令尊是一個了不起的人物！」

白素趁機道：「七叔認識他老人家？」

七叔卻沒有反應，只是在喝了三杯酒之後，才輕哼了一聲——也難以猜透是什麼意思。

連白素也不敢再問下去，因為江湖上，莫名其妙的恩怨很多，有很多事，如果不了解底細，還是少說為妙。

這一來，又變成無話可說了。

久別重逢而出現這樣的情形，連七叔也不免有點不自在，他突然跳了起來，「呼呼呼」地打了一套拳，那套拳格式簡單，一共只有七招，稱作「北門拳」，也不知是哪門哪派的，對我來說，卻有特殊的意義。

因為這是我接觸武學之始，是他未曾替我找來我武學的啟蒙師父之前，他教我一些拳腳，這套北門拳，就是第一套。

這一下，勾起了我少年時的回憶，我也跳了起來，也連發七招，七叔吸了一口氣：「好多年了！」

我也忙道：「好多年了——有好多話要說，可我不知該從何處說起。」

七叔伸手在臉上重重抹了一下：「一樁樁說，總有說清楚的時候。」

我喝了一口酒，側頭看到紅綾，也正在喝酒——她不但自己喝，而且還餵那鷹喝，那鷹居然也喝得津津有味，喉隙還不斷發出愜意的「咯咯」聲，一人一鷹，看來怪異莫名。

於是，我忽然想了起來：「七叔，你那年，帶着喇嘛教的三件法物離開之後，一大群喇嘛不肯放過你，曾有連番惡鬥？」

我這是明知故問，目的是想七叔說一說「連番惡鬥」的情形。但是七叔卻原來無甚興趣，懶懶地道：「也不算什麼，乏善可陳！」

他這樣講，那是不願意再說下去了，我話鋒一轉：「後來，查訪你的行蹤，說你上了船，可是上船之際，懷中卻抱了一個女嬰，那女嬰又可愛之至，引得萬人矚目，那又是怎麼一回事？」

我是根據後來的查訪所得，隨便一問的，因為這件事的本身，也頗為奇特。

（這件事的詳細情形，都記述在《轉世暗號》和《暗號之二》這兩個故事之中。）

誰知道我一問，七叔陡然震動，竟至於手上的一杯酒，也灑出少許。

我和白素互望了一眼，心中都不免愕然——七叔是何等樣人物，問問一問，居然能令他如此震動，那麼，這個問題之中，所包含的內容，是如何驚心動魄，實在是難以想像！

我知道這問中了一個要害問題了！就等着他的回答。可是過了好一會，七叔只是喝酒，並不出聲，但是神色又凝重之至。

過了好一會，他才問：「見到的人怎麼說？」

我就把我訪查到的說了一遍，加上我自己的意見：「一個走南閃北，武功絕頂的江湖豪客，懷中抱着一個粉雕玉琢、可愛無比的女嬰，一群不懷好意的喇嘛，又等着伏擊他，這場景，也真的夠奇特的了！」

七叔又伸手在臉上撫摸了一下，感嘆道：「那時，我什麼也沒有想，只想到把那女嬰送到安全的地方去——我自己浪迹江湖，不可能帶着她，總要替她找一個能容她長大之所！」

我故作不經意地問：「何以不留在我們老家？」

七叔默然片刻，才道：「太危險了！」

他說得簡單，我也不知「太危險了」是指什麼。我又道：「後來，聽說是送到穆家莊去了。」

七叔點了點頭，又連喝了三杯悶酒：「我和穆莊主，商量着替她取了一個最普通的名字：秀珍。」

我和白素互望了一眼，因為這接觸到了我們心中的一大疑問。

我們還沒有問什麼，紅綾已先叫起來：「那不是和秀珍姨一樣名字？」

七叔向紅綾望去，紅綾忙道：「秀珍姨姓穆。」

陡然之間，七叔的雙眼，睜得比銅鈴還大，虎虎生威，氣勢逼人。但是他立即低頭，喝了一大口酒，又恢復了原狀。

同時，他語調平靜：「怕是同名同姓吧。」

紅綾卻不服氣：「我秀珍姨不是常人，她是『東方三俠』之一！」

穆秀珍和紅綾性格相近，豪爽熱情，所以紅綾對她的印象極好，提起她來，與有榮焉。

七叔瞪着眼，沉聲道：「就是木蘭花的妹妹。」

白素補充了一句：「應該是堂妹。」

七叔閉上眼睛，看來沉醉在往事之中，過了一會，他才自言自語：「我……這件事，不知處理得對不對——」

他忽然說了這樣一句話，我當然以為他是指把那個女嬰留在穆家莊一事而言。我就道：「當然對，秀珍顯然在一個極好的環境中成長，她不但性格開朗豪爽，樂觀快樂，而且，一身好本領。現在她的生活，在五十多億地球人之中，可以排名在一百名之內，很難想像會有人比她的生活更少煩惱。」

我這樣說穆秀珍，是根據事實所作出的說法。她家庭生活成功，事業成功，朋友遍天下，本身又技藝超群，確實可以說是人中龍鳳。

我這樣說了之後，白素略有異議：「人總不免有煩惱，我看秀珍也不能例外！」

我搖了搖頭，表示不同意，白素又道：「她只是少把煩惱放在心中——你可記得，紅綾在陶啟泉的那個島上，初見她時，她還興致極高地教紅綾潛水。可是陶啟泉曾說什麼話來？」

我記起來了，那次身在風光如畫的小島上，穆秀珍看來無憂無慮，快活如神仙。但陶啟泉曾輕嘆：「像她那樣的性格真好，要是換了別人，處在她的環境，早就煩也煩死了！」

當時，我就曾追問穆秀珍有什麼煩心事，但陶啟泉支支吾吾，所以我也沒有再問下去。

由此可知，穆秀珍也有煩心事，只不過她處理的方式，與眾不同而已。

我不由自主，嘆了一聲：「真難想像，連她也會有普通人的煩惱。」

我和白素忽然說起穆秀珍的事來，七叔一面喝酒，一面用心聽着，等我們的話，告一段落，他才道：「若她就是當年那女嬰——」

他話說了一半，頓了一頓，就沒有再說下去。

白素道：「要知道是不是她，下次見面，問一問她原籍何處，就可以知道了。」

我答道：「何必等『下次見面』，我立刻和她聯絡，問她。」

七叔一聽得我這樣說，神情頗是緊張，他舉起手來：「等一等，讓我想一想！」

他真的眉心打結，好半晌不語，我和白素互望，都不知道七叔在想什麼，也不明白他何以要在聯絡穆秀珍之前「想一想」。

等了好一會，七叔才道：「好，你聯絡她，問她。可是千萬別說當年我抱女嬰入穆家莊的事，且隨便捏造一個問她的理由。」

我心想，這倒是個難題——要造一個理由容易，但是要瞞過冰雪聰明、玲瓏剔透的穆秀珍，只怕不是易事！

但七叔既然這樣說了，自然也只得答應。

於是，我就用電話，與應該在法國的穆秀珍聯絡。

電話接通，留了口信——一般「要人」，都有二十四小時的聯絡電話。然後，等候回覆。

大約十來分鐘，在這段時間內，七叔陷入了沉思之中，我和白素，也不去打擾他。

等到電話鈴響起，按下掣鈕，聽到的是雲四風的聲音，白素問：「秀珍呢？」

雲四風的回答是：「老婆不知何處去，老公獨自笑春風。」

我笑道：「問你也一樣，秀珍原籍何處，請告訴我們。」

這是一個極普通的問題，但是也不免有些突兀，所以雲四風並沒有立即回答。

雲四風是科學家，又是工業家，行事作風，必然有條有理，和我那種天馬行空的作風，大不相同，所以我也不怪他不能立刻有答案。

約莫兩三分鐘之後，他才道：「真是，我完全不知道她原籍何處——蘭花姐是哪裏人？她們必然是同一籍貫。」

我笑道：「那還用你說，就是不知道，這才問你！」

雲四風強調：「我真的不知道，從來也沒有問過——從來也沒有注意過這個……你為什麼要問？」

我順口道：「沒有什麼，只不過閒談之中，忽然談及而已，她有了音信之後——」

我話還沒有說完，雲四風已經緊張起來：「喂！別告訴我……她……是外星人！」

我大是啼笑皆非，忙道：「不！不！我說……不是這個意思……」

本來，我想說「秀珍她絕不是外星人」的——但是心念電轉間，我想到，我對穆秀珍不能說是太了解，也難以肯定她一定是地球人，所以這才改了口。

雲四風心思慎密，一下子就聽出了語意之中的含意，便追問道：「那是什麼意思？你要告訴我！」

我有點生氣，提高了聲音：「稍安！你別神經過敏好不好？」

雲四風道：「那能怪我嗎？和你這個怪人，沾上一點關係，都會變外星人！」

我又好氣又好笑：「混蛋！」

雲四風還不放心：「真的沒有什麼重要事？」

我向七叔望去，想看看他的意思，誰知他宛若老僧入定，一點反應也沒有。

我就應道：「當然沒有——你能聯絡到她，就請她打電話給我們。」

雲四風道：「能找到蘭花姐也一樣？」

我道：「當然，不過小事情，就不必驚動她了！」

雲四風竟然相信了真是「小事」，因為若事關重要，我一定會要他去找木蘭花的。

雲四風沒有再說什麼，我放下電話，做了一個無可奈何的手勢。

七叔在這時，忽然說了一句無頭無腦的話，他用大是感慨的語調道：「我一生經歷過的時代，可以算是人類歷史上最黑暗的時期了！」

我和白素，面面相覷——這個題目實在太大，我們都不知道該如何搭腔才好。

七叔又補充道：「或許，這是親身經歷的緣故，感受特別深，所以感覺也強烈。其實，歷史上幾乎沒有一個時期又黑暗，又是親歷，只是讀史，自然不知痛癢！」

我和白素仍然不知他究竟想說什麼，所以仍然只是唯唯以應。

他又嘆了幾聲，再發議論：「其實，我和你們，也都未曾親自經歷，只不過身處這個時代之中，可以在黑暗的邊緣，窺視一下，那已足以令人遍體生寒，感嘆人間何世了，真難想像身在其中的人，所感受到的，不知是何等的苦痛！」

我被七叔的喟嘆所感染：「是啊，這一個世紀來，人類的苦難，真是說不盡。」

七叔笑得慘然：「最冤枉的是，究竟為了什麼，才形成了這樣的大苦難，不但當事人說不明白，就是後世人，冷靜下來分析，只怕也弄不明白。」

白素也喝了一口酒，她發表意見：「也不是太不明白，為來為去，只是為了三個字。」

她說到這裏，頓了一頓，才把那「三個字」說了出來：「爭天下！」

我和七叔一起吸了一口氣。

是的，爭天下！

為了爭天下，小焉者，兄弟可以互相殘殺，母可以殺子，子可以弒父，什麼倫理關係，全都可以拋諸腦後。大焉者，結黨鬥爭，你有你的主張，我有我的意見，不論文爭武鬥，都必置對方死地而後已，而處死的方法，五花八門，千變萬化，與五千年文化相輝映，成為文化中不可分割的一部分。為的，都是爭天下，以萬民為芻狗，就是為了爭天下！

七叔愈說愈激動，可是忽然之間，情緒一變，又哈哈大笑起來，大聲道：「爭到了又怎麼樣？」

白素道：「自然希望一世二世三世萬萬世傳下去。」

我聳了聳肩：「別以為只有小人物好做春秋大夢，大人物也一樣！」

七叔長嘆一聲：「什麼時候，這種夢不再有人做了，這才真正天下太平了！」

我和白素互望了一眼，我們都知道，七叔這一代人，胸懷和我們，有些不同（一代有一代的胸懷感情，再下一代自然又大不相同）。他那一代，飽歷憂患，對世上的一切事，長嗟短嘆，狂歌當哭，借杯中酒，澆胸中塊壘，也還不夠。

所以，我們都不再搭腔，七叔也喝了一回悶酒，情緒漸漸平復，忽然，他用很是平常的聲音道：「那天，我上了船之後，一直在盤算如何處置那三件喇嘛教的法物——那三件東西，關係到二活佛的真偽，非同小可，我不能老帶在身邊。」

我和白素都知道，他是把三件法物，沉到了河底，但都沒有阻攔他說下去。

他又道：「恰好，我在船尾，見到船家正在用銅油補木縫，我靈機一動——你們都已知道以後的事了。」

我道：「只知道你把盒子沉到了河底，千古不廢江河流，那確然是最好的方法。」

第二部

一堆數字

七叔道：「我在午夜行事，認得了地點，把三件法物沉了下去，船上人雖多，但其時，寂靜無比，只有河水汩汩的流動聲，我才完了事，轉過身，忽然看到，在船桅上那盞燈的昏黃光芒下，有一個人站在我的面前。」

七叔說到這裏，又喝了一大口酒，這才繼續：「這人一望便知是女子，披着一件大氅，背着光，等我定過神來，才發現她面色蒼白，但是清麗絕倫，絕對是水中仙子的化身！」

七叔說到這裏，又停了下來。顯然當時的情形，給他的印象極深，他要一點一滴，把所有的細節，全部從記憶之中擠出來。

我和白素也不去打擾他，各自盡量設想着當時的情景。

其時，正是過年後不久，上弦月在午夜時分，應該十分淒清，河水粼粼，幽光閃閃，船上的人雖多，但其時在甲板上的，卻只有他們兩人，一個是才把有關一教興亡的三件神秘法物沉入了河底的江湖豪客，一個是突然出現的身分不明女子，這種組合，已經使場面夠奇特，也夠詭異的了。

七叔人在江湖，警覺性很高。他一看對方是一個年輕女子，看來雖然纖弱，但是眉宇之間，大有英氣。雖然神情有些淒苦，但是眼神堅定，一望而知，是個巾幗鬚眉，不是等閒堂客。

七叔也不敢怠慢，在兩人目光交會時，他向對方禮貌性地略一點頭，心中在想：「剛才自己的心動，不知是否落在這女子的眼中？這女子又不知是什麼路數，是要出言試探她一下，還是就此別過？」

他正在盤算着，卻見那女子已盈盈向他走近了幾步。其時滴水成冰，天氣極冷，來得近了，看到那女子的雙頰之上，不知是由於寒凍，還是由於心情激動，竟然泛起了兩目紅暈，看來在清麗之中，增添了幾分妖艷。

七叔吸了一口氣，直視着對方，等對方先開口。

那女子果然先開口了，她來到了離七叔只有三兩步處，才低聲叫了一聲：「大哥！」

在中國北方，女子稱男子為「大哥」，可以是極普通的尊稱，也可算是極親近的稱呼。而但凡有血性的男子，一聽得女子稱自己為「大哥」，總會油然而起護花之心，尤其對方是一個美女。

七叔自不例外，所以他並不逃避這個稱呼，而是結結實實，應了一聲。

這一下答應，令那女子有了一些喜色，她又靠近了一步，氣息變得急促，神情也很是緊張。七叔低聲道：「有事慢慢說。」

那女子答應了一聲，又吸了一口氣，胸脯起伏，七叔這才發現，她雙手一直在大氅之中，大氅內鼓鼓的，像是有什麼東西在。

那女子接着說了一句話，卻叫七叔這個老江湖，正嚇了一跳，感到意外之至。

那女子的聲音低沉之至：「大哥，小女子我，已到了絕路，再也活不下去呢！」

七叔在一驚之後，疾聲道：「天無絕人之路，大妹子何出此言？」

那女子慘然一笑：「不真正到絕路，我不會這樣說——生路也不是沒有，大哥看我，若是現在，趁人靜跳河，這逃生的成數有多少？」

七叔向黝黑的河水望了一眼，又略抬頭，河面寬闊，那女子這樣說，自然是要游過對河去，那有約莫三百公尺的距離。

河水表面平靜，實則相當湍急，雖然未至冰封，但河水奇寒，也可想而知。

七叔再望向那女子，覺得她不像說笑，他沉聲道：「那不知你水性如何？」

那女子道：「也曾在水漲時，泗過淮河。」

淮河在桃花汛水漲時，河面闊度，趨步兩公里，能泗得過去，自然水性非凡了。

七叔點了點頭：「淮河水漲時是夏日，此際是隆冬，我看，你能游到對岸，成數不足半成。」

那女子慘然：「是不？這說我死定了，也差不多——我死不要緊，但有一件心事放不下，與大哥雖是偶遇，卻要斗膽相託。」

七叔一揚眉：「不一定要泗水，一定另有辦法。」

那女子長嘆一聲：「一路上，為了跟我逃走，已經犧牲了不少弟兄，我不能再牽累人——全是些多麼好的弟兄，有的則活埋了，有的則割了頭示眾，有的甚至被剝了皮，再這樣下去，我活着也沒意思。」

這幾句話一出口，七叔登時有七八分猜到了那女子的特殊身分。

其時，正是「爭天下」的兩黨鬥爭最慘烈的一段時日，雙方都被敵人和自己人的鮮血染紅了眼，濃稠的鮮血，甚至能蒙蔽人的理智，使人變得除了仇恨之外，什麼都不記得了，思想之中只有「敵人」，只有「殺」！

各自千方百計，搜刮各自的敵人，一找到了敵人，就用盡了各種匪夷所思的手段，將敵人處死，渾然忘了「敵人」全是自己的同類。

那女子，必然是失勢的一方，正被得勢的一方所追捕！看來，對方已投下了天羅地網，所以那女子才覺得自己走投無路，已處於絕境了。

從那女子所說，已有許多人馬為了掩護她而犧牲，由此可見，那女子必然有十分特殊的身分地位。要不然，在這種兵荒馬亂，人人自危的情形下，誰還會為了保護一個自己人而犧牲？

七叔對於兩方面的鬥爭，當然一點關係也沒有。他是一個江湖豪客，武林奇人，所奉行的，自有一套，與政治毫無關連，他也對雙方都沒有什麼好惡之感。但這時，他卻已決定要幫那女子一把——這全然是出於扶助弱小的一種心理。

那女子鑒貌辨色，也知道七叔有了應允之意，慘然一笑：「幸好叫我遇上了大哥，我不怕死，死了也不算什麼，只是她不能死。」

七叔說到這裏，略頓了一頓，略搖了搖頭，長嘆一聲：「接下來發生的事，我再多江湖閱歷，也意想不到，而且，來得如迅雷不及掩耳，我根本沒有法子阻止它的發生。」

我和白素沒有插嘴，等他說下去。

七叔連喝了幾口酒，才緩過氣來。

當時，七叔已準備援手，自然也考慮了由此而可能產生的許多麻煩。

他首先要弄清對方的身分，他正準備問，卻見那女子手臂一揚，拉開了大氅，緊接着，以極快的動作，把一樣東西，向七叔遞來。

七叔自然而然，把那東西接在手中，那女子已極快地向後走去，一面走，一面把大氅摔脫。七叔看到她身上穿了一套黑色的緊身衣，他是行走江湖的大行家，一眼就看出，那是極佳的一套「水靠」——專供泅水之用，可以防水，也能防寒。

有了這樣的裝備，那女子泅水逃生的機會，自然大增，由此也可見，她是早有這打算的。

這時，那女子已然走到了船舷，七叔正想説幾句鼓勵她的話，卻聽得她先道：「大哥，記得，她父親是——」那女子叫到這裏，忽然一陣風過，把聲音吹散，而這時，七叔也根本沒弄清楚自己接過手來的是什麼東西，所以根本聽不懂她的話。待要再問時，那女子已一個倒挺，向後翻去。果然水性極佳，「唰」地入水，水花不濺，轉眼之間，河水黝黑，便不見人影了。

七叔愣了半晌，忽然覺出手中的東西，動了一下，還有些聲音發出來。七叔再也沒有想到那女子交給自己的，竟是一個活物，低頭看去，更是大吃一驚。

只見他手中的，竟是一個女嬰！

那女嬰全身包得嚴密之至，只有一張小臉露在外面，雙眼烏溜溜地看着人，小嘴像是在吸吮什麼，模樣兒可愛至於極點！

這一下，七叔也不禁發呆，他心想，難道那女子本來是準備帶着這女嬰泅水的？那是絕無可能之事，縱使她可以逃生，女嬰也非死不可。

那女子自然是女嬰的母親，七叔記起女子臨跳水之前，曾說了一句話，像是說明那女嬰的父親是誰，可惜一陣強風，沒有聽清楚。

從種種已發生的事看來，那女子大有來歷，這女嬰的父親，只怕也不是等閒人。

七叔見女嬰小臉通紅，抱起來臉貼了小臉一下，又涼又柔滑，女嬰竟在這時，向他展現了一個又甜又可愛的笑容。

七叔大為感動，已經想了好幾個辦法，如何保護那女嬰。而就在這時，只見一陣機輪聲，「突突」地衝破黑暗，傳了過來，來勢極快。

緊接着，一道強光射了過來，並且有密集的槍聲，和一陣吆喝聲。

這一連串變動，首先驚動了船家，接着，船上的搭客也全醒了，只見一艘載了二十名士兵，和不少便衣的機動船，也駛進來，將客船逼到了岸邊。船上士兵，如臨大敵，端着槍，對準了客船。

七叔心動，那定是搜捕那女子的軍隊了，他心中暗叫了一聲好險，心忖，那女子若不是把女嬰交給了他，不知會如何處理？總不成抱着女嬰跳河。若是一個猶豫，追兵已到，怎麼也走不脫了！

七叔一個大男人，抱着一個女嬰，雖然看來異樣之至，但是他是地方上極有名望之人，那帶隊的軍官，和一個便衣人員，跳上船來，七叔一見便衣人員，便心中打了一個突。

他認識那個人，本來也是江湖中人，後來從了軍，聽說他飛黃騰達，官位不低，怎麼也親自來抓人了？

這時，船上的人都被趕出艙來，大呼小叫，再加上士兵的吆喝聲，十分混亂，七叔在人叢之中，大聲叫着：「胡隊長，什麼事竟勞動你的大駕？」

那軍官循聲望來，見了七叔，滿臉堆笑：「奉上頭命令，抓一個人！」

七叔「嘿」地一聲：「這人是三頭六臂？」

那胡隊長笑，提高了聲音：「不，是一個美貌女子，有人親見她上了這船！兄弟和一船官兵，掉不掉腦袋，全靠找不找到她了！」

胡隊長的話，顯然是說給全船人聽的，表示他要找到那女人的決心。七叔慣走江湖，自然更聽得出他話中有話，表示那是性命交關的事，誰也不能說情。

七叔知道那女子已根本不在船上，樂得抱個看熱鬧的心，笑着道：「美貌女子？這世上，美貌女子，可是靠不住的居多啊！」

那胡隊長顯然知道七叔是個人物，所以來到了他的面前，自然也看到了七叔懷中所抱的女嬰。

這時，士兵和便衣，正一面吆喝着向船上的人詢問，一面開始搜尋，亂糟糟，鬧哄哄。

胡隊長來到了七叔面前，半開玩笑中認真地道：「咦，七先生你是武林大豪，什麼時候當起奶媽來了？」

七叔知道，在如今這個節骨眼上，不能讓對方有半分起疑，所以他苦笑：「一個老相好，忽然說這孩子是我的，硬塞在我手上，風流一生，卻添了這麼一個累贅！」

胡隊長打了一個「哈哈」，伸手在嬰孩的臉上，撥弄了幾下，皮笑肉不笑地：「這孩子長得俊，她媽媽準是個大美人吧！」

七叔道：「可不是嗎——」他壓低了聲音：「就盼她惦念着孩子，連帶也念幾分舊情，這才有希望重叙呢！」

胡隊長這才真的笑了起來——七叔抱孩子的理由充分，也釋了他心中的懷疑了。他反倒向七叔道：「執行任務，耽擱了七叔先生的行程了！」

七叔連聲道：「說哪兒的話——」隨即又壓低了聲音：「搜捕的是誰？怎麼要勞動閣下親自出馬？」

胡隊長卻沒有回答，只是作了一個古怪的神情，就走了。

這時，船上人仰馬翻，鬧了個一塌糊塗。七叔冷眼旁觀，看到不少便衣，手中拿着相片在問人，相片中人，正是那女子，卻是一身棉軍衣，從服飾來看，七叔起先所料的不差。

奇的是，不論問的是誰，被問的人，一律的回答是：「沒見過。」

這女子上船之際，不可能人人沒見過，而如今，沒有一個人承認，自然是掩護她上船的人，矢口不認之故。七叔小心打量，一時之間，也認不出那女子的同黨是哪一個。

這給七叔以十分深刻的印象——雖然是在潰敗之中，但是組織仍然如此嚴密，成員之間的不畏犧牲的精神，仍然如此堅韌，可知將來，必成大器。果然，半個世紀不到，便爭得了天下，那是後話，與本故事無涉。

這一擾，足足耽擱了三個多小時，那船能有多大，連艙底的壓艙石也全都翻了出來，船上的人，不論男女，一律細細檢查，自然有不少堂客，吃了啞巴虧，但是在明晃晃的刺刀之下，誰敢出聲？

可是全船上下，人人一口咬定，未曾見過這一女子，又什麼也找不出，胡隊長的面色，要多難看有多難看，臨走，他大聲宣布：「這女子是要犯，上頭有賞格，有她的消息，到省黨部來舉報，賞現大洋八千，決不食言！」

這話一出，倒引起了一陣嗡嗡聲，在那時候，這筆賞格，可算是天文數字了！

七叔在講了之後，心想那女子一路在躲避追捕之際，一定把這女嬰掩飾得極好，所以追捕者，只當她是單身一人，若是知道她有女嬰同行，此際，她可以泅河而走，自己卻難免要身陷囹圄了！

胡隊長收隊，機輪駛走，船上響起了一片咒罵之聲，船家迅速收拾殘局，繼續航行。七叔心想，那女子的同黨，必然知道自己曾與之接觸過，要不然那女嬰不會在自己的手上，他以為同黨會來和他接頭。

可是一直到了上岸，並無一人和七叔交談，可知他們行事，極其審慎。

由於有這一番騷擾，耽誤了幾個小時，所以船遲靠岸，那幫在碼頭等候七叔的喇嘛，也多等了好些時，這倒替七叔省下了不少麻煩。

但七叔在當時，卻不知這些前因後果，他上岸之後，急急找了一家客棧，一面放風聲，叫客棧中人去找奶水充足的奶媽，一面仔細檢查那女嬰。

那女嬰的穿着，在當時的條件下，可說相當考究。七叔檢查得極詳細，才在嬰兒的肚兜夾層，發現了一幅油布，上面寫滿了數字。

那些數字寫在一幅一尺見方的油布之上，有通行的阿拉伯數字，有中國的一二三四、也有羅馬數字，和真正的阿拉伯文的數字，共有九種之多。

七叔看了好一會，看不出名堂來，心知道這些數字，必然關係重大，就收了起來。

次日，那女嬰雖然乖巧無比，不叫不鬧，但七叔究竟不是育嬰之才，一打聽，穆家莊離此不遠，他又素知穆莊主是個人物，所以就帶了女嬰，趕投穆家莊去了。

到了穆家莊之後，自然也發生了一些事，細節甚多，若是詳細記來，也不失有趣，可是那些陳年舊事，和這個故事的關係不大，只是枝節，可以從略。

值得一提的是，那穆家莊莊主，也是武林大家，和七叔一見如故。七叔也不瞞他，把在船上發生的事，全向他說了。穆莊主一聽，就道：「那女子必然是大有身分之人——我意思是，她的丈夫，必是大人物……」

七叔點了點頭：「所以，我把這女嬰託給你，實在有可能替你惹下大麻煩，若是你覺得——」

七叔話沒有說完，穆莊主就結結實實，「砰」地一拳，打在七叔的肩頭，哇然大叫：「我可是怕麻煩之人？」

七叔哈哈大笑：「是我的不是了，這女嬰福大，能有你這樣的義父……」

穆莊主正色道：「七兄你說什麼？小妾上個月分娩，我晚年得女，這是我的親生女兒，掌上明珠……」

他親着，抱起女嬰來，在女嬰臉上，親之不已——他一臉的絡腮鬍子，擦得那女嬰哇哇大哭起來。

在女嬰的啼哭聲中，兩個江湖豪客，相視大笑，莫逆於心——七叔知道，自此之後，穆莊主定然會把那女嬰當作是親生女兒看待，是可以放心。

七叔當時，微有不安的是，他知道穆莊主一把女嬰當親生女兒，那是再也不會在任何人面前提起她的來歷，也絕不準備有什麼將來認回親生父母這類事發生。

而這女嬰的父母，又肯定是大有來頭的人物，雖然一時處於劣勢，必有出頭之時，到時說如何處理呢？

七叔曾想把這些憂慮，和莊主分擔，但轉念一想：自己給穆莊主帶來的麻煩，可大可小，不能再增加他的負擔了，所以就隱忍着沒說——這一個隱忍，自然也包括了沒有說出那一幅油布上的數字這件事來。

七叔說到這裏，停了下來，雙眼望向遠方，沒人知道他在想些什麼。

七叔到穆家莊去託嬰，這件事我是訪查了出來的，他離開穆家莊之後，這才行蹤如貓，許多年來，絲毫音信也沒有，行蹤神秘之至。

我就是等他說出那些年的經過來。

誰知道等了好幾分鐘，他伸手在臉上一抹，嘆了一聲：「自此之後，我便埋頭研究那幅油布上一共是八千三百四十一個數字，人家說『皓首窮絕』，我是『皓首窮數』，那麼多年下來，竟然一點頭緒也沒有！」

我呆了一呆，那麼多年的事，他竟然幾句話就帶了過去，那自然滿足不了我的好奇心。我喝了一口酒：「七叔，乞道其詳！」

七叔皺着眉：「這些年來，發生的事自然很多，雞毛蒜皮的不提了，其餘的，都和我想解開這八千多個數字的謎有關，一時也說不了許多……」

我和白素互望了一眼，明知「一時說不了許多」，只是託詞，他不願意說，才是真的。七叔既然不願意說，自然也沒有什麼方法可以勉強他。我只是問：「研究的結果如何？」

七叔長嘆了一聲：「一點結果也沒有，只是亂七八糟的一堆數字，那麼多年過去了，和我第一次看到它們的時候一樣，一點意義也沒有！」

白素低聲道：「或許，那根本就是沒有意義的一堆數字？」

七叔道：「我也曾這麼想過，可是想一想，在物質條件那麼艱難的情形之下，用漆把數字一個個工整地寫在一幅油布上，而且，還不單是普通的阿拉伯數字，有俄文、法文、德文、英文、阿拉伯文、日文、西班牙文和中文。當時不但物質條件差，人才也不是那麼鼎盛，至少要有人懂那些文字的數字。再加上收藏得這樣的秘密，若說毫無意義，難以令人相信。」

我聽了也覺得奇怪，想提出來，要七叔把那幅油布，讓我看一看。

七叔像是明白了我的意思，點了點頭：「我又重入人世，出來見你們，一來是為了喇嘛教的事，二來，也是為了這件事。這件事糾纏了我大半生，我真後悔當日何以發現了這幅油布！」

他一面說，一面探手入懷——看來他把那幅油布，是貼肉藏着的，這是十分古老的收藏方法，但也只有這個方法，可以隨時肯定自己收藏的東西，在自己的身邊。

油布被放在一個透明的膠套中，經過真空處理，摺成了四摺，那樣做是為了便於收藏，但也使摺痕變得相當深，在那上面的數字，有點模糊。

油布約有三十公分見長。

第三部

絕處逢生

「油布」這東西，現在已經絕迹了。但在一段相當長的歲月中，它卻是重要的生活用品。它的主要成分是布和桐油——布浸桐油，一次又一次，使桐油在布的纖維之中生根，結合為一，就成了油布。

油布不但可以長期保存，而且有極好的防水功能，最粗的油布，要來做傘，精緻乃至上乘的油布，是保存貴重物品的重要材料。

那幅油布，質地很細，也是毫無例外的土黃色（熟桐油的原色），看來呈半透明，晶瑩動人，是上佳的工藝品。

但是更令人驚奇的，是寫在上面，密密麻麻的數字，每一個數字，只有芝麻般大，但不論是數字還是文字數，盡皆清晰無比。

油布絕不沾墨，固之尋常墨水，無法在油布上留下痕迹，那些數字，都是黑漆寫上去的。看來是用削尖了的竹子，蘸了漆塗寫的——漆自然也是土漆。土漆雖然不是什麼稀罕的物事，然而也頗難想像，在如此艱難的歲月之中，如何獲得。

而且，照七叔計算過，油布上的數字，超過八千個，字字寫得如此工整，絕非一朝一夕可辦到。

像這樣精緻的物品，應當屬於太平歲月所有，卻在兵荒馬亂之中，出現在一個生命朝不保夕的女嬰身上，豈非是怪事一樁！

由此看來，這些數字之中，包含着莫大的玄機，是可以肯定之事，難怪七叔要「皓首窮數」了！

我把油布向白素湊了一湊，兩人一起看去，只見通篇大約十之六七，是「1234」的通稱阿拉伯數字。其餘十之三四，是各國文字。

七叔在我們看的時候，順口道：「數字數一共是六千二百二十一個，其他是文字數，各國文字均等，一個不多，一個不少。」

所有的數字，全連在一起，當中並無分隔，如果那是密碼的話，首先得斷定它是兩個數字一組，還是三個、四個、五個，或是更多。

七叔嘆了一聲：「我假設那是密碼，但是至今為止，我竟仍然無法確定它是幾個字一組；而且，八千多個數字，並沒有循環，全無規律——天下奇數之中，只有圓周率可以與之比擬。」

七叔提到了「圓周率」，那使我有同感。數學家通過電腦的運算，已把「圓周率」算到了幾十萬位的數字，就是沒有循環，沒有規律的。

這油布上的數字，自然不是圓周率，圓周率一開始是：3.14159……這一堆的數字，一開始是1894……

我和白素怔怔地看着，七叔道：「你們信不信？我已可以把這八千多個數字，全部背誦出來了！」

我和白素，並不感到奇怪——七叔本來就有過人的才智，何況經過了那麼多年，要記下八千多個數字，自然不是難事。

這時，在一旁的紅綾，伸過頭來，注視着那幅油布。我留意她已經注視了好一陣子了，就輕碰了一下白素，白素點了點頭。

七叔既然説過，這些年來，他曾留意我的記述，那麼，自然已知道發生在紅綾身上的一切，知道她腦部活動能力之強，已遠非一般人所能想像。

如今，看她的情形，分明是在尋找這一堆數字的秘奧。只見她不但全神貫注，緊鎖雙眉，而且，不多久，在她的鼻子之上，竟然有細小的汗珠滲出來，可知她是如何殫智竭力。

白素在一旁，看了有點心痛，想要說什麼，但是卻被我握住了她的手，不讓她去打擾紅綾的思索。

過了好一會，七叔已喝了十七八杯酒，才看到紅綾緩緩搖了搖頭，聲音也顯得有點啞：「在我的記憶庫中，找不到這堆數字的意義來。」

七叔苦笑：「難為你了，孩子！」

紅綾雖然不至於滿頭大汗，可是也漲紅了臉，足以證明她腦細胞曾經劇烈地運作過。

白素道：「我看，要解開這堆數字之謎，不是人腦所能解決的了！」

七叔皺着眉，沒有表示什麼。

我知道，七叔這一代人，觀念上有點「頑固」，不是很肯承認電腦優秀於人腦這一殘酷的事實，所以他仍不願意倚仗電腦去解決問題。

我打了一個圓場：「電腦也未必可以解決問題，我倒有一個最直接的辦法！」

七叔瞪了我一眼：「去找寫下那些數字的人，他自然知道這些數字的意義，是不是？」

我道：「正是此意！」

七叔長嘆一聲，緩緩搖了搖頭：「第二年，我在面對這些數字，一籌莫展之際，就已經想到了這一點，就開始尋找！」

我想說「那應該並不難找」，可是一看七叔的臉色，這句話縮了回去，沒有說出來。

我想說「應該並不難找」，也不是口氣大，而是那女子屬於何方神聖，應無疑問，而那一方面，頂尖的出色人物，在經歷了歷史殘酷的人洗禮之後，死的死，逃的逃，變節的變節，元氣大傷之後，仍然留下來的頂尖人物，只不過二三十個而已。

那女子的行事氣度，已是如此了不起，那麼她的丈夫，當然一定是頂尖人物。就是這二三十人中去找，一定可以有結果的。

我心中想着，並沒有將我所想的說出來，可是七叔斜着眼看着我，喝一口酒，說一句話。他道：「目標人數不多，是不是？逐個去找，一定可以發現，是不是？一發現，就可以解開那堆數字之謎，是不是？」

他問一聲「是不是」，我就點一次頭，因為我心中確實如此想，自無必要隱瞞。

七叔長嘆一聲，雙手握拳，先是無目的地揮動，然後，竟以拳一起，重重擊在面前的几上。

他這一擊的力道極大，不但發出砰然巨響，而且震得几上的東西，一起彈跳了起來，我、白素和紅綾，連忙七手八腳，把東西扶住。

七叔的臉上，現出了無比傷痛的神情，雙手仍然緊握着拳，身子竟至於劇烈地發起抖來。

我心知他忽然之間，激動如斯，一定是心中有極其傷痛的事觸發了。我從來也不知道，連七叔這樣的人物，也會為此失態，一時之間，不知如何才好，只有把恰好抓在手中的一瓶酒，向他遞了過去。

七叔接酒在手，一仰脖子，向口中直灌了大半瓶，才長長地吁了一口氣。

然後，他抹了抹口，再吁一口氣，神態已回復了平靜，他道：「當年，我正是和你所想的一樣，我不但想，而且開始做，可是誰知道，在跨出了第一步之後，接着，便不能不跨出第二步。有了第二步，就有第三步，然後一步一步跨出去，多少次想回頭，可是哪裏回得了頭？生活變成了可怕的夢魘——那絕不是我所追求的生活，但是卻不得不一步一步向前走，那麼也走得格外痛苦，格外心驚膽戰，竟注定了我的一生，一大半在這種情形之下過去，這不知道算是什麼命數？」

他一口氣說下來，語調沉痛無比，咬牙切齒，額上青筋暴綻，看來很是可怕。

可是他所說的話，我能理解的，不及十之二三。

我和白素互望了一眼，都有同感，再看紅綾時，更是一片茫然。

七叔的那番沉痛的話，真的叫人很難理解。聽起來，像是他為了找那女子和女嬰的來歷，去解開那堆數字之謎，一步又一步，陷入了一個他絕不想置身其中的環境之中，難以自拔。

而這一大堆人生經歷，又使他痛苦莫名，使人覺得一生之中，大半光陰，在那樣的情形下度過，簡直是虛耗了生命，枉過了一生！

對於一個上了年紀的人來說，這樣的感覺，傷痛程度之高，無以復加，可以說是生命之中最哀傷的事情了。

我還不知道其間的細節，所以也不知道七叔何以至此，自然也沒有什麼話可以說。

七叔把緊握着的拳，緩緩鬆開，然後再握緊，在這個過程之中，他雙手的指節骨，發出了爆豆也似，一陣聲響，聽來很是駭人。

他又道：「我也不是一念之差，每一步路，都是我自己一步一步走過去的，也怪不了誰……」

他說到這裏，又深深吸了一口氣，語調陡然變得很是感動：「其實，我第一眼看到她時，就知道自己今後的命運，必將因她而改變！」

七叔忽然冒出這樣的幾句話來，我的心中不禁「啊」地一聲，同時，也大是感慨。

人的一生，在很多情形之中，會因一件偶然發生的事情，而徹底改變。這種偶然發生的事，毫無道理可言，它就是百分之百偶然發生，沒有絲毫必然發生的因素。

可是，就是這樣的偶然發生，卻能改變一個人的一生！

也有的人說：看來是偶然發生的事，其實並不是真正偶然，而是有隱藏着的必然性。也有人說，根本沒有什麼偶然和必然，一切全是命裏注定的，注定是這樣，就必然會發生，躲也躲不過，逃也逃不掉。

後者的說法，有一個更徹底的比喻說：每一個人的一生，都是一個寫妥了的劇本，在他一出生，這劇本就已成了定稿，每一年每一月每一天發生什麼事，起承轉合，曲折離奇，平淡度過，或是顛沛流離，潦倒終生，飛黃騰達，成為帝王將相，達官貴人，還是窮困末路，橫屍街頭，一切人生中能發生的變化，都已經是定稿——只是，當事人自己也好，旁人也好，都無法看到下一場下一景是怎麼樣，必須隨着時間一分一秒的過去，才能逐頁揭開來，才能逐場逐景經歷。

所以，在生命之中，根本沒有「偶然」這回事，一切早已在定數之中！

照這一派的說法，七叔在船上，忽然遇上了那女子，也就不單是「偶遇」，而是定數，那麼，以後接下來在他身上發生的事，使他的生命，走上了那樣的途徑，也就是必然的事了！

我心中這樣想，但是看到七叔那種激憤莫名的神情，所以並沒有把話說出來——我估計說了，他也不會接受。

誰知道七叔自己長嘆：「開始，我不信命，現在，我依然不信命，但是，卻不由你不信！不過是一個美貌女子，何以會一見之後，便魂牽夢縈？」

我和白素，都默不作聲，因為七叔的自言自語，觸及了人生之中最不可解的一個謎：男女之間的關係。

為什麼有的男女，對面如同陌路？為什麼又有的男女，千里相思斷腸？問情是何物，直教人生死相許——這個問題，問了千百年，沒有答案，再過幾個千百年，一樣沒有答案。

七叔顯然對那女子一見鍾情，陷入情網，不能自拔！像七叔這樣的江湖豪俠，都自負把男女之情，看得很淡，可是一旦情網罩將上來，身不由己，他的情感，卻比誰都來得激烈。

七叔託了女嬰之後，仍然鍥而不捨地去追尋，表面上看來，是想弄明白那女嬰的身分和找那一堆數字的秘密，但這時，他終於透露了他的心聲——更主要的，是他在追尋他那份虛無縹緲，別說找不到，就算找到了，也不會有結果的愛情！

這種尋找的行為，注定了是悲劇，七叔一開始的時候，就必然知道，但他還是毅然投入了整個生命，這種行動，也可以說是他的悲劇性格所促成的！

我一點也沒有嘲笑七叔的意思，甚至也不同情——因為我知道，時光倒退幾十年，他一定會把已發生的事，重複進行一次。

剛才聽他的感嘆，像是很後悔有了當初的決定，但那只不過是感嘆多年來的努力沒有結果，絕非意味着他會放棄這樣的努力！

他還是要繼續他的尋找！

我和白素，默然良久，都不知說什麼才好，過了好一會，白素才道：「那麼多年沒有音信，一定……一定是當日，她未能逃過水厄。」

七叔像是一個神智迷糊的人一樣，喃喃自語：「看她入水之際，水花不濺，比魚還靈活，應該可以順利脫險，何以竟會一去便無蹤影？」

他的語調，聽來無比蒼涼，想來同樣的話，不論是秋風秋雨，或是寒風呼號，在山巔，在水涯，他已經不知問過自己多少遍了！

我欠了欠身子，有些話，不吐不快，我始終認為，要找那女子比較難，但是要把她丈夫找出來，卻不是難事——那女嬰的父親，必然是極高階層的領導人，總共不出二三十個，有何難事？

所以我忍不住道：「七叔，是不是你尋找查訪的方式，不是很正確？」

我並不知道七叔用了什麼方法，但既然幾十年來沒有結果，可知必有錯漏之處，所以我才有此一問。

七叔望着我：「你以為我用的是什麼方法？」

我搖頭：「不知道……」

他不等我再說下去，就一字一頓：「我參加了隊伍！」

我呆了一呆，一時之間，有點難以明白他這樣說是什麼意思。

七叔再重複了一遍：「我參加了他們！」

這一次，我明白了：他參加了他們的隊伍！

那也不是容易的事，在經過了大失敗之後，這隊伍對於內部的整肅，敏感之至，人與人之間，幾乎已沒有信任可言，自己人互相懷疑對方是否叛徒，所使用手段之殘酷，比敵人加在他們身上的還要可怕。不知有多少自己人，就在這種「莫須有」的情形下送了命。

（最近，有一部堪稱巨著的小說，就生動地描述了這種情形——一個可愛的，滿腔熱忱，投向信仰隊伍的女性，歷盡艱辛，逃出了敵人的追捕，到了自己人的隊伍之中，結果，被懷疑是叛徒，遭到了活埋——那是令人不由自主戰慄的可怖。）

（雖然是小說中的情節，但千真萬確，是發生在許多人身上的事實。）

所以，七叔「參加了他們」的過程如何，也有點令人難以想像。

七叔用很是平淡的口氣，說了經過，我和白素，聽得連連吸氣，但七叔卻像是在說別人的事一樣。

他道：「我改名換姓，也徹底改變了自己的容貌，使別人再也認不出我來。」

他說到這裏，又伸手在自己的臉上，重重地撫摸着——我留意他這個習慣性的動作很久了，他的臉容曾經改變過？我不是很看得出來，我和他久別重逢，第一眼，確然認不出是他，只是根據種種現象，肯定了是他。和我少年時的印象相比較，他自然大不相同了，但是不同在何處，我卻說不上來。

七叔揚了揚眉：「我的變容過程，不在皮肉上下功夫，而是徹底的在骨頭上下功夫——一個人的骨頭變了形，皮肉組成的形狀，自然也變了！」

我陡然之間，感到了一股寒意。

我想起了黃蟬的一番話——黃蟬來告訴我，有人偷了喇嘛教的三件法物，偷盜者的行動，被記錄下來，電腦X光分析的結果，偷盜者頭部的骨骼，幾乎都曾碎裂過，因之而變形！

任何人的頭骨，不會無緣無故碎裂，那麼，七叔是為了達到變化容貌的目的，而故意把自己的頭骨弄破碎的了？

這是一個要承受何等樣痛苦的過程，我瞠目結舌，難以想像。

七叔說到這裏時，面肉也不由自主，抽搐了一下，那自然是想起了當年的苦痛，所帶來的自然反應。

我偏過頭去，不忍心去看他，心中在想：為了追求虛無縹緲的所愛，做那麼大的犧牲，真是值得嗎？

白素顯然知道我在想什麼，她伸過手來，握住了我的手，意思是說：你和七叔身體內，都流着來自同一祖先的血，有着同一來源的遺傳因子，你們之間生命密碼的差異，一定極微，所以你在這種情形下，也大有可能這樣做。

我心中苦笑，七叔這個當事人，看來比我還要鎮定些，他再在臉上撫了一下，繼續道：「等到我骨頭再生長在一起之後，我變得自己也不認識自己了，於是我隨便改了一個名字，先收服了幾股土匪，也有兩百來人。」

我苦笑更甚——以七叔的文才武略而言，要收服土匪，領着兩百來人，那是輕而易舉之事，未免大才小用，委屈他了！

可是再聽下去，我也愈聽愈是吃驚，因為七叔他居然來真的了！

七叔道：「在手上有了兵力之後，我就打着他們的旗號，奉行他們的主義，完全照足他們的做法——那時，世事亂，窮人多，這一套很能得人心，不到半年，隊伍竟擴大到了上千人，也有真正他們的人參加進來，不多久，大隊正在敗退途中，處境極度危殆，我這股生力軍，突然殺出，替大隊解了圍，殺出了一條生路，這才有日後的艱苦支撐，等待轉機的到來。」

七叔的這一番話，他說來平淡，可是卻聽得我和白素，目瞪口呆，心驚肉跳。

我們對現代史，都有一定程度的認識，自然知道那死裏逃生的一仗，是如何的慘烈，也是何等戲劇化。那是改變了現代史的一役，若不是有這一場戰役的勝利，「爭天下」就算能成功，也不知是何年何月的事，大隊眼看要全軍覆沒，忽然來了一彪救兵，歷史改寫，億萬人的命運改寫，人類的遭遇改變，影響深遠，這一切，全是七叔為了追尋一個女人而造成的？

那實在是令人難以想像的事。

我的聲音，由於思緒的激盪，而大是發顫，我道：「這場戰役，被稱為……」

七叔立刻接了上去，道出了這場戰役的名稱。

我又道：「七叔，你……你……隨便取了一個名字，那名字是……」

七叔又說出了一個名字。

本來，我還心存萬一的希望，這時自然不再存在，我定定地望着七叔，說不出話來。

七叔道：「你可是想責備我太妄為了？」

我確然有這樣的想法，因為他的一念，造成了現代史上的一大改變，由這天翻地覆的變化所產生的後遺症，不知要影響多久！

但是我卻搖了搖頭：「當時，你也絕想不到會有……日後這種情形發生！」

七叔聲音顫澀：「當然想不到，沒有人能預知日後的事。許多事都是那樣，到了絕路，要是過不去，那就從此煙消雲散，完蛋大吉。要是能闖得過去，那就一發不可收拾，不知道會到達什麼地步了。」

我口唇動了動，幾句話，沒有說出來。

我沒有說出來的話是：過了這一關，不出二十年，已經爭得了天下，這當年飛將軍自天而降，率領一彪兵馬殺出來救了駕的，自然也立下了不世的奇功！

當七叔說出他那個「隨便改了一個名字」的名字之際，我就倒抽了一口涼氣——那是一個響徹雲霄，威震天下的大將軍的名字，頭銜也在我認識的鐵蛋鐵大將軍之上，而且環繞着這個大將軍，有着極多的傳奇性的傳說，其中之一是說他身懷絕頂武功。

那當然是真的，七叔的武學造詣極高！

第四部

大夢

我無論怎麼想，想像力再豐富，也難以想得到我一直在尋找的七叔，竟然是當朝成名赫赫的大將軍！也難怪我不論用什麼方法，也打聽不到七叔的絲毫信息！

誰能想到，古人所說「大隱隱於朝」，竟真有其事！

我心中疑惑叢生，因為這位大將軍，在一次最劇烈的自相殘殺行動之中，據稱死於非命——如今看來，顯然不是真的了。

可以想像得到，那場血肉横飛的自相殘殺，一定令得七叔心灰意冷——數十年患難與共，生死相連的自己人，從那麼困苦的環境之中，走向勝利，但是卻突然跌進了最老套的歷史血巢：只能共患難，不能共富貴，而至於爆發了殘殺。

這殘殺的可怕程度，遠在當年與敵鬥爭之上！雖然他們一直習慣於殺害自己人，可是這樣大規模地殘殺自己人，令人心寒！

七叔當年，雖然立過如此大功，但是一樣難逃噩運，他一定是在噩運臨身時，抽身而退，還他本來面目的。數十年軍功，宛若一場春夢，只是不知道他是不是曾找着了當年船上託嬰的那個女人。

我這個問題，其實看來已屬多餘——當然是未曾找到！

七叔嘆了一聲：「你說的對，我當時我這樣做，絕想不到會有那樣驚人的結果，可是後來，我想得更通，當時我就算不那樣做，結果仍然一樣！」

我抗聲道：「不會——那一次戰役，要是沒有救兵，失敗了，就此滅亡，再難翻身！」

七叔道：「不然，因為現在事情是這樣發生，所以無法想像事情如果不是這樣發生，會怎麼樣。而事實上，事情不是這樣發生，必然那樣發生，結果既然是早已定下的，就不會變。」

我追問：「七叔，你說的是定數？」

七叔點頭：「是的，我說的是定數，也叫氣數。氣數完了，怎麼都完，氣數當興，怎麼都興，不是任何人所能左右的。」

我當然知道，每一個人的命運，都有一個密碼數字在左右。如今，七叔的說法，是把世上任何事，人到了歷史的改變，也歸入這一類！

七叔又道：「所以，『歷史改寫』這個說法是不存在的——歷史一定是那樣，你們再改寫了，歷史在偷笑：何改之有，本來如此！」

七叔的話，乍一聽，很難接受，但是只要把「個人命運」代入「歷史」，也就很容易明白了。

我略想了一想：「歷史不歷史，都和普通人無關。七叔，倒是你，忽然之間，進入了嶄新的人生歷程，卻是再也想不到的事。」

七叔大是感慨：「我的人生歷程，也不是『忽然之間』，早就有幾個生死之交從了軍，也曾勸我一起參加，只是我一直猶豫不決，這件事情，促成我走了這條路，也大有因由的。」

七叔的話，令我大是感慨——他們這一代人，投身軍事政治的，都曾出人頭地，叱吒風雲，在歷史上留名，不管是美名還是臭名，總是一代的人物，七叔本身，自然也是其中之一。

或許有許多人，都嚮往這樣的成就，但我性格閒散不羈，總覺得世上若是沒有這一類民族英雄、人民救星，老百姓的日子會更自在得多。他們爭天下爭得轟轟烈烈，苦只苦了老百姓，他們失敗了，老百姓苦，他們不論是哪一方面成功了，又能惠及老百姓多少？

我當時，沒有把這份感想說出來，因為我知道，七叔投身這樣的大業，動機並不偉大，不是為了救國救民，只是為了找一份汪洋大海一般的浪漫。

所以，我在明白了七叔這些年來的非凡遭遇之後，沒有追問其他的細節，只是問：「那女嬰的母親，你……再也沒有見着？」

七叔又在臉上重重撫摸着，他卻並不答我的問題，自顧自道：「我被改編入正式部隊之後，屢立戰功，不久，就進入了高層，在接下來的若干年中，我為他們的熱忱所感染，為他們的理想和主張陶醉，為他們的獻身而熱血沸騰，我真正成了其中的一分子，直到……直到一次自相殘殺，莫須有的清算，才使我看到了在種種美麗的理想背後，那醜惡的一面。」

我不想聽他說這方面的事，所以只是淡淡地道：「這種醜惡的暴露，一次接着一次，終於使全人類都看穿了他們的醜惡面目。」

七叔長嘆一聲，仰天不語。這時，連白素都有點沉不住氣，她問：「那女子……」

七叔這一次，卻立時接了上去：「那女子，據我估計，必和最高層的幾個人中的一個有關，但是，當我也進入高層核心之後，無論怎麼打聽，一點消息都探聽不到。在當時的環境之中，若是太着痕迹去打探最高層人物的隱私，當然會引起懷疑，所以我一直進行得十分小心，可是，卻一點消息也得不到。」

我悶哼了一聲：「保密工作做太好了——早知如此，你不如到敵對陣營去打聽，當年曾大張旗鼓地緝捕那女子，必知她的真正來歷！」

七叔用力在大腿上拍了一下：「到我想到這一點時，已是我們在軍事上取得了節節勝利的時候，我們俘虜了大量對方的各級人員，我利用職權的方便去追查，可是發現事情，神秘之至。」

我揚眉：「不過是兩方面的追殺，何神秘之有？」

七叔吞了一口酒：「我想先查當日帶隊的胡隊長——他有名有姓，是一個很有來頭的人物，很容易我找到了他的下屬、同事、上司，可是卻沒有人知道他當年曾有這樣的追捕行為。」

我愕然：「胡隊長之外的其他人呢？」

七叔作了一個手勢，示意我別打岔：「我查到，在那時候，胡隊長在他的任上，忽然接到最高情報當局的密令，借調他去進行一項秘密任務，秘密任務的內容如何，只有胡隊長和最高情報首領才知道。」

我心中一動：「那最高情報首領……」

七叔吸了一口氣：「在我追查到這裏之前的兩個月，在一次飛機失事中死了！」

我吞了一口口水，說出了一個名字——那飛機失事罹難者的名字，七叔點了點頭。

我感到事情愈來愈是隱秘和不可思議，我望着七叔：「人雖然死了，但是當年那樁任務，總有點資料留下來，可供追查。」

七叔的回答簡單之極：「沒有，一點也沒有——就像是根本沒有這件事發生過一樣，沒有資料，沒有任何人可以提供任何線索，以至有時候，我懷疑自己是不是做了一場噩夢——根本沒有這件事發生過！」

我又不禁苦笑，如果那是「一場噩夢」的話，那這玩笑可開得夠大的了。

白素道：「那女嬰呢？可以從她那方面入手查——只要母親不死，沒有不想去看女兒的。」

七叔再撫了一下臉，神情苦澀：「在那場抵抗侵略的戰爭之中，穆莊主毀家紓難，組成了游擊隊，與侵略者周旋，整個穆家莊，化為灰燼，也不知是不是有人生還，風溜雲散，我至今為止，還不曾找到過一個穆家莊的人！」

我為之默然，那場抗侵略戰爭，慘殘無比，犧牲了近千萬人，穆家莊幾百口人，看是全遭了毒手，也不是不可能的事。

問題的唯一生機是，穆秀珍是不是當年的女嬰了。如果她是，對於追查事情的真相，多少有點幫助。

七叔又喝了好一會酒，才道：「我千思萬想，得出了一個結論。」

我和白素向他望去——這時，在一旁的紅綾，像是對七叔的叙述不再有興趣，她離開了一陣，再回來之後，只是翻來覆去，研究那幅油布。

忽然她問：「是不是可以把它取出來？」

那幅油布封在一個膠袋之中，經過真空處理——七叔這樣做，自然是為了妥善保存，紅綾忽然提出了這樣一個問題，我剛想阻止，七叔已道：「可以——但是不要破壞它。」

紅綾大聲道：「我懂！」

接着，她就剪開了膠袋，把那幅油布，取了出來。我只望了她一眼，並沒有說什麼，也沒有再去看那油布，因為膠袋透明，我已仔細看過，取不取出來，都是一樣的。

我更想知道的，是七叔的「結論」。

七叔道：「我的結論是，那女子並未曾和女嬰的父親正式結婚。」

我點了點頭——這個推測，大有可能。當時部隊的紀律雖然嚴格無比，但是男女之情，什麼也阻擋不住，尤其是在戎馬倥傯，生命朝不保夕的時刻，男女間的關係，也就格外浪漫和激盪，七叔的結論，合情合理。

七叔見我首肯，又道：「而且，他們之間的關係，秘密之至，只有當事人才知道。」

我搖頭：「這說不過去，連敵對陣營都知道了，自己人反倒不知道？」

七叔道：「有可能是，知道內情的自己人成了叛徒，把這消息出賣給了敵對陣營，所以才有這樣的可能！」

七叔的解釋，雖然說得過去，也總嫌牽強。白素吸了一口氣：「他們的組織十分嚴密，這件事，或者知道的人不多，曾經議決，當作是特級秘密，那麼，七叔你自然探聽不到什麼了！」

七叔沉吟片刻：「也有可能……是為了維護一個人的威信，那樣說來……那樣說來……」

七叔講到這裏，臉上不禁變色。

我也大是駭然——因為一個組織，若是要為一個人隱瞞一段不光彩的歷史，隱瞞到了連七叔這樣地位的人，連一點消息也探聽不出，那麼，這個被維護的人，除了是最高首領之外，不可能是別人！

因為誰都知道，除了最高首領一個人之外，其他任何人，就算是一人之下，萬人之上的，一樣都被揪出來清算過，不知有多少莫名其妙的罪名，曾加在他們的身上，連「每天要吃一隻雞」，都成為煌煌記錄在正式文件中的罪名，何況是這種明顯違反紀律的「亂搞男女關係」，當然也早被揭發了！

只有最高首領，事情若發生在他的身上，誰又敢再提半個字？

我感到吃驚的，並不是想到了事情發生在什麼人身上的可能，而是進一步想到，若是組織有意要抹去這一段事實，那麼，造成母女逃亡，引發敵人追捕，可能正是組織出賣了她們母女！

這種情形雖然匪夷所思，但是發生在那樣的組織中，並非不可能的事！

如果是這樣，那麼，整件事，就是整個組織的醜惡，當然知其事者，絕不再提，七叔自然也就怎麼也打探不出消息來了。

想到這裏，我也不由得面色發青。七叔沉聲道：「你也想到當年敵人何由得知她們母女的行蹤了？」

我點了點頭，白素也想到了，她低聲道：「太卑鄙了！太卑鄙了！」

我深吸了一口氣：「只是有這個可能。」

七叔站了起來，來回踱步，我忽然又感到一股寒意，湧上心頭——那部小說的情節，突然湧上我的心頭。同時，我也注意到白素神色有異，顯然她也想到了這一點。

七叔也知道我們想到了什麼，他徐徐地道：「我也想到過了，她跳河逃生，結果成功，可是組織為了掩飾一個大人物的風流行為，把她……犧牲了……」

白素喃喃地道：「不……不……」

我盯着七叔：「如果是這樣，你應該查得出一點蛛絲馬迹來？」

七叔苦笑：「組織真正的核心，只有不到十個人，如果秘密不出核心，那麼，我不在這十個人之內，自然也無法得知。」

我道：「鐵蛋他——」

七叔一揮手：「這小子，在那場動亂之中，若不是我力保他，早已性命難保，豈止斷了腿而已。」

七叔在這樣說了之後，又淒然一笑：「誰知道不多久，我就泥菩薩過江，自身難保了。」

我悶哼一聲：「歷史上，有的是爭天下成功之後，大殺功臣的事，這是民族的『優良傳統』，倒並不是什麼人的創新意念。」

白素沉聲道：「說來說去，是再也沒有那女子的消息了？」

七叔點了點頭：「多少年來，我一閉上眼睛，當年河上的那一幕，就歷歷再現。可是，始終打聽不到她的半分消息，這人，就像是根本不曾存在過一樣！」

我聽得七叔這樣說，心中一動，因為多少年來，我打聽尋找七叔的下落，情形也差不多——七叔是消失在空氣之中一樣！

誰又能料得到七叔搖身一變，成為當朝一品大臣呢？我道：「會不會她也徹底改變了容貌，改變了身分？」

七叔雙手一攤：「若是這樣，那更難找了！」

白素搖頭：「我堅信，只要她不死，一定會去探視她的女兒。」

我望了白素一眼，欲言又止——我心中所想的是「未必」，她的母親，就曾硬着心腸，留在苗疆，可是我又不能不承認白素所說有理——她母親畢竟回來過，只不過不是探視女兒，而是把女兒的女兒帶走了！

那女子的性格，看是和白素的母親陳大小姐相近，不去探視女兒，也不是什麼怪事。

我自然也明白，白素這樣説，意思是，如果真正沒有線索，從穆秀珍處下手，是一個辦法，自然，先決條件是，穆秀珍必須就是當年那個女嬰。

七叔的故事，到這裏，已經沒有什麼進展可言了。他經過了那麼多年的努力，副作用甚至是因此參與了一個皇朝的建立「重要人物」，依然一無所得，那又豈是我們坐在房間裏討論一下，就可以有結果的？

我只好轉換話題：「你急流勇退，只怕你會成為歷史上最神秘的人物。」

七叔喟嘆：「歷史是天下最假的東西，歷史真相，永不為人所知，人們知道的，全是操縱歷史的人想要人知道的事，像我，就明告死亡，不再有人知我真正的身世，也不會有人知我沒有死。」

我又道：「七叔，我們分離雖久，但是我看你的外貌，似乎還是可和我那印象之中吻合，不像是你曾經徹底地改變過容貌。」

七叔聽了，更不斷撫臉：「當時，雖然容貌大變，但是骨頭不斷生長，長着長着，又長到了原來的樣子，容貌也恢復了八成。」

七叔所說的情形，我聞所未聞，聽了已令人駭然，七叔又道：「由此可知，一個人不但命運，早已注定，就連他的外形如何，已早由遺傳密碼所決定的。」

白素道：「黃蟬提供的資料說，盜走三件喇嘛教法物的人，電腦根據X光片組成的容貌，就和衛斯理一樣，七叔和你，現在看來，也有五六分相似。」

七叔感嘆：「我本來已不想再問世事，但當年既然曾答應了那老喇嘛，總要忠人於事，真想不到，反倒誤了喇嘛教的大事！」

我不以為然：「這種大事，自然也是早有定數安排，不是任何力量所能改變的。」

七叔苦笑：「其實，我也有一份私心——當年，不是為了要沉那三件法物入河，我也不會在滴水成冰的寒夜，在甲板上留連，自然也不會碰見那女子，一切都由那三件法物而起，於是我想——」

他說到這裏，沒有再說下去，自然是他的想法十分不切實際之故。

他想的是，那女子的出現，由三件法物而起，他再把三件法物弄到手，是不是會由此而再遇那女子呢？這種想法，自然是在絕望之餘的妄想，迹近幼稚，所以他就沒有再說下去。

我忽然想起一些事，就問他：「藏那三件法物的庫房，屬於極度秘密，何以你能如入無人之境？」

七叔伸了一個懶腰：「這就和我的權位有關了，鐵蛋不認識我，我卻認識他，給他不少照顧，他後來視我為至交，他曾是那群女孩子的領導，那些女孩子之中，我最喜歡秋英，可看出她不是常人，就常和她接觸，雖然我不知她真正來歷，但也隱約可以猜到，她和喇嘛教有十分不尋常的關係。」

我點了點頭——七叔沒有再向下說，我也沒有再問，根本不必問，也可以知道情形是如何發展了。

秋英是庫房的主管，七叔通過她，要進入庫房，自然再容易不過。

追查失物的黃蟬，再精靈再有想像力，已決計想不到盜寶人會是早已宣布死亡，又是她所熟悉的一個如此高級的首長。

此舉之奇，也可以説是奇至極點了。

七叔又接連嘆了幾口氣，一口喝乾了半瓶酒，再伸一個懶腰，道：「我睏了。」

我忙道：「請到客房休息。」

七叔站了起來，果然一臉倦色，他搖了搖頭：「我告辭了。」

我聽出他説這四個字，大有別意，不禁吃了一驚，失聲道：「你隱居也夠久了，還想再進一步？」

七叔坦然道：「是，這世上再無可牽掛之事，我自然也可以與世上一切事無關了。」

我大搖其頭：「怎能這樣説？你還沒有找自己心儀的人。」

七叔的神色更疲倦：「我找過了，找不到——我已把當年發生的事，當作是一場幻夢，幾十年夢不醒，到如今夢醒了，才知道在夢中做人，是何等可憐！」

白素沉聲道：「世人都在夢中做人。」

七叔笑：「那就容我先醒——大夢誰先覺？我先醒一步，是我的福分。」

我又道：「還有那個女嬰，她是不是現在的穆秀珍，你也沒有弄清楚。」

七叔仍然望向遠方：「你說了她現在生活很好，何必去打擾她？」

這一點，我倒並不堅持，因為一個人若是根本不知道自己的身世有什麼問題，自然什麼問題也沒有。一旦知道了，除了增加煩惱之外，不可能有別的結果。

我再道：「還有那一堆數字，你還沒解開它的謎。」

七叔拍着手笑：「那是夢中的東西，我大夢已醒，又與我何干？」

我在說到「那一堆數字」之際，順手向紅綾指了一指。因為紅綾一直在專注那幅油布，好久了，連動也未曾動——這對於好動的紅綾來說，少見之至。

這時，我說得快，七叔回應得快，可是紅綾，接得更快，她立即道：「那不是夢裏的東西。」

我們三個人都一怔，齊聲問：「那是什麼東西？」

問了之後，七叔才覺得那與他聲稱的「大夢已醒」的態度，大不符合，所以搓着手，很是無奈。

紅綾的回答更玄：「我不知道那是什麼東西！」

我又好氣又好笑，一時之間，不知如何再問，紅綾揚着那幅油布，問：「爸，你說這是一種叫做『油布』的東西？」

我一聽話中有因，忙反問：「你說不是？」

第五部

異常反應

紅綾點頭：「油布有桐油，棉布，還有什麼？」

她這樣一問，連七叔也不禁倦容全消。

紅綾見我們都不出聲，她又道：「這東西，沒有油布應有的成分，那黑色的，也不是漆！」

我疾聲問：「那麼，它是什麼？」

紅綾答得乾脆：「我不知道。」

紅綾說不知道，那就是真的不知道，我向七叔望去，七叔的神情，疑惑之至：「不是油布是什麼？我一看就以為那是油布——一直以為那是油布，所以，從來也沒有想過去化驗它，看看這真是什麼？」

我伸手自紅綾的手中，接過了那幅油布來，用手指搓了一下，那質感，除了油布之外，實在不可能是別的什麼。我把它交給了白素，白素把它握在手中，神情也疑惑之至。我道：「簡單，把它拿去化驗就行。」

我一面說，一面拿起一把剪刀，想把它剪下一角來作化驗之用。可是剪刀在手，發現竟無從下手。因為上面寫滿了數字，幾乎達一點空隙也沒有，想剪下米粒大小的一塊來，也在所不能。

我向七叔望去，他伸手向自己的額頭指了一指，意思是數字，他全部記在腦中，我搖頭——這靠不住，八千多個數字，不論在第幾位記錯了一個，其含義就可能相差十萬八千里。

七叔明白我的意思：「我有攝影記錄，也有可以放大的微型軟片——我對電腦不是十分熟悉，但是你完全可以放心，把這些數字，輸入電腦之後，再加以化驗。」

我吸了一口氣：「把這些數字，輸入電腦，是勢在必行的事，要解開那麼龐大數字的謎團，人力肯定無能為力，七叔，你能全權委託我進行。」

七叔攤了攤手：「我把這段往事告訴你，就是還有此意——時不我予，我也沒有時間去破解這個謎了。」

七叔的這種感嘆，並不是說他真正生命朝不保夕，那是上了年紀的人常有的感嘆，我道：「那你就好好在這裏休息，讓我去進行。」

七叔考慮了片刻，總算點了頭。

我向紅綾望去：「你什麼時候，有了觸手就知物質質地的本領？」

紅綾叫了起來：「我不是觸手就知，而是經過縝密的分析！」

她一邊說，一邊指着自己的腦袋。

我仍然不明白她何以有了這種本領，但在一旁的白素，已示意我別再問下去。我已知道發生在紅綾身上的古怪事情甚多，有的早已超出了我的理解能力，而且，紅綾本身也難以向我解釋明白，所以我便不再問，改口道：「這事，最好委託戈壁沙漠去做。」

白素道：「他們……好奇心太甚，只怕七叔不願意他當年的事，廣為流傳……」

七叔立時道：「說得對。」

我想了一想：「可以說明在先，只做事，不准問。」

我這時，提出要戈壁沙漠來幫助對付，包括了要請他們把這八千多個數字輸入電腦，也要他們化驗「油布」和書寫數字的「漆」的質地成分種種事情在內。

要做這些事，戈壁沙漠自然勝任有餘，我其時，並未想到，事情會有意料之外的突破，只是在考慮如何可以不傷他們的自尊心，又杜絕他們的好奇心。

並不是我對他們不信任，只是我感到七叔的故事，牽涉到很多人的秘密，尤其是穆秀珍的身世，所以我不以為太多人知道，是一件好事。

白素明白我的意思，她道：「分開來先把那堆數字給他們，等到我和秀珍取得了聯絡之後，看她的意思如何，再作打算！」

我大表同意，於是，白素把油布上的數字影印，我和戈壁沙漠聯絡。

本來，這兩人一聽到我的電話，每次都是興高采烈，唯恐我在進行的事，沒他們的份，總是立刻飛奔而來。可是這一次，竟然大是不同，電話一打通，我道：「有一件事，想和兩位一起研究研究。」

我說了之後，足有四十八秒，電話的那頭，竟然沒有反應。我「喂喂」了幾聲，才聽得兩人道：「對不起，衛斯理，我們近來很忙——忙得屎流屎流，簡直連放屁的時間也沒有，不能幫你。」

我素知兩人說話誇張，但是忙到了「連放屁的時間也沒有」，就未免太過分了。

這兩個傢伙，竟然「吊起來賣」，端其臭架子，這令我有點惱火，我道：「我這裏的事，揭開就有趣——是你們自己曾求我的，若是有神秘之事，需要探索，不要忘了你們的一份。」

兩人猶豫了一下，可知我的話，已經打動了他們的好奇心。

可是，接下來，他們的話，仍然是拒絕：「對不起，衛斯理，我們實在太忙了，真的，手頭上的事，一秒鐘也放不下——一秒鐘都不浪費，也不知道有生之年，是不是能夠做得完。」

我大是惱怒，這兩個傢伙，竟一再推三搪四，我大聲道：「做不完，就帶進棺材去做！」

兩人竟然不以為忤，長嘆一聲：「要是真能帶進棺材去做，那就好了。」

我不禁感到自己大是不對，不應該這樣對待他們——在許多事情上，他們兩人，以他們過人的才智，幫助我解決了許多疑難。如今他們推辭，必然有他們的原因，我怎能強人所難？

這麼一想，我大是內疚：「對不起，我太自私了——我想你們研究的事，不是我自己的事。」

兩人道：「我們現在在忙的，也不是自己的事。」

我進一步提出：「我是不是幫得上忙？」

兩人遲疑了一下，我聽得他們像是低聲爭辯了幾句，才聽得他們道：「我們……需要和一座大型電腦取得聯絡，要和那大型電腦溝通，通過它，分析一些資料，你能幫我們？」

我聽了之後，不禁呆了一呆——我正想借他們的電腦設備，來分析這一堆神秘數字，誰知道他們還需要大型電腦的協助。

我想了想：「我知道，在歐洲的雲氏工業集團，他們擁有全歐洲最大的——」

我的話可沒有說完，突然聽到戈壁沙漠發出了一下怪叫聲，像是觸了電一樣，緊接着，電話就掛斷了！

我不禁大吃一驚——這情節，倒有點像緊張電影中的情節——電話打到一半，對方那邊，忽然發生了變故。

我趕緊放下電話，略定了定神，白素已遞過另一具電話來。

我接過電話，撥戈壁沙漠的號碼，可是才撥到一半，原來的電話已響起，白素按按掣，就聽到了戈壁沙漠的聲音，兩人在齊聲道歉：「對不起，對不起！」

他們道歉，這證明沒有什麼大不了的變故。我斥道：「你們在搞什麼鬼？」

兩人支吾了一陣，才道：「我們太忙，一面通話，一面工作，所以忙中有錯。」

我大喝一聲：「見鬼，究竟在弄什麼花樣，從實招來，要是不說——」

我還沒有說出下文，兩人已經怪叫：「就是不說！」

這兩人就是如此可愛，他們並不否認他們心中有事，只是說「不說」！

我嘆了一聲：「多年交情，原來如此！」

兩人一聽，叫起屈來：「衛斯理，你也不見得每一件事都對我們說，何況，那是別人的事！」

想起在找他們之前，我還花了一番心思，如何對待他們，我不禁大是慚愧，忙道：「是，代他人守秘密，是做人的起碼道德——等你們發覺了之後，是不是可以幫我這個忙？還有，雲氏工業集團的電腦，你們要不要？」

兩人又像是被鬼捏住了頸子一樣叫了起來：「不要！不要！絕不要。」

我心中疑惑之至：雲氏工業集團的大型電腦設備，號稱全歐洲首屈一指，而且雲四風和穆秀珍都是熟人，一說即合，為什麼戈壁沙漠會對之有如此的抗拒？其他的大型電腦組合，雖然也可以借得到，但是卻要大費周章！

我悶哼了一聲：「我只當你們需要大型電腦，不知道你們還要選擇性地接納！」

兩人急忙道：「不要了，什麼也不要了，就當我們沒有提過！」

我心中更是疑惑，一時之間，想不出其中原因來，向白素看去，只見她眉心打結，也正在思索。我賭氣道：「不提就不提！」

就在這時，白素開口：「戈先生，沙先生！」

兩人忙道：「阿嫂太客氣了，叫我們的名字就行。」

白素道：「本來，我們要兩位幫忙解決的，是一大堆數字之謎。」

這句話一出口，只聽得電話那面，傳來了「嗖」地一聲響，兩個人一起倒抽了一口涼氣，接着，兩個人就像是捱了悶棍一般，沒有了聲息。

白素向我揚了揚眉，我只知道白素這一句話，起了相當大的作用，可是我卻不知道這作用如何會發生。

後來，白素笑我：「這不是好現象，怎麼你的反應，變得如此遲鈍了？」

我拍打着自己的腦袋：「只能說你的反應更靈敏了，我怎麼能想到有這麼微妙的聯繫在！」

白素又安慰我：「我也是靈光一閃，從他們的異常反應之中，得到了靈感。」

我向她拱手，表示歎服。

白素的「靈光一閃」是這樣來的：戈壁沙漠在兩次聽到了「雲氏工業集團大型電腦」之後，都有異常的反應，於是在她的腦中，先閃出了雲四風，穆秀珍的名字（我也曾想到過，可是我沒有像她那樣進一步說下去），然後，她立即想到，我們要解決的那一堆數字，來自一個女嬰的襁褓，而這個女嬰有可能是穆秀珍。

就像是演算數學題一樣，她找到了相同的因子：穆秀珍。接着，她就想到，如果事情有關穆秀珍的秘密，而穆秀珍又不想任何人知道，自然不能通過雲氏集團的電腦來解決——這就是兩人有異常反應的原因。

而那堆數字，和穆秀珍身世有關的可能甚大，會不會穆秀珍亦有了這堆數字，知道和她自己有關，正幫助戈壁沙漠在解決呢？

一想到這裏，兩種全然不相干的事，就有了聯繫，所以她就冒出了這一句話來。

如果她設想全然不符事實，戈壁沙漠自然不知道白素在說什麼，而如果她料中，那麼，她這句話，就有雷霆萬鈞之力！

現在，從戈壁沙漠兩人的反應來看，白素的那句話，起作用了！

我當時只知起作用，並不知就裏，但是就勢幫腔，我卻是懂的。我立時道：「是一大堆數字，八千多個！」

我這句話才一出，就聽到一陣淅瀝嘩啦，難以解釋的聲音。

我估計，那是兩人在聽了我的話之後，有了相當過激的反應，例如直跳了起來等等，碰翻了不知什麼東西而造成的。我沉聲道：「兩位多保重！」

只聽得兩人呻吟也似的聲音傳來：「八千……八千……八千……」

他們連說了三聲「八千」，那更使我和白素肯定，他們的怪異反常行為，正是和這堆數字有關！

而且，我們也進一步肯定了，這一堆數字，和穆秀珍有關——至於有關到了什麼程度，和何以有關，這時我們自然無法深究。

而就在兩人的「八千」聲中，我和白素齊聲接了上去：「三百——」

兩人又發出了一下類似呻吟的聲響，接下來的聲音，很是微弱，有點氣若游絲的味道，他們說的是：「……四十……四十……」

我大聲道：「一！」

雖然只是簡簡單單的一個「一」字，但是卻力道甚大，轟得戈壁沙漠，足有一分鐘出不了聲，我「喂」了幾十下，他們才有了反應。

他們一有反應，卻甚出我的意料之外，他們一起埋怨起穆秀珍來。兩人道：「雲夫人也真是，要我們對天賭咒，不能泄露秘密，她自己又去找衛斯理和白素，這……真是太欺負人了！」

兩人的語調，真是傷心欲絕，而他們的話，也證明了在他們手上的那堆數字，真是和穆秀珍有關，是穆秀珍找他們進行研究的。

不知道為什麼穆秀珍不肯讓別人知道，看起來，竟像是她的丈夫雲四風也不知情。

而這時，我真是心花怒放之至，因為這是一大突破——這堆謎一樣的數字，當年那女嬰是否穆秀珍等等，多年來的疑問，卻可以有一個突破！

而許多疑團，在有了一個突破之後，往往就離水落石出之期不遠了！

我大聲道：「兩位，我們是不是要對一對那堆數字，從頭對起，還是從尾對起？」

戈壁沙漠喘着氣，一口氣說了二十個數字，正是那堆數字的頭二十個，我接下去，也唸了二十個，兩人叫了起來：「不必對了，不必對了，雲夫人真是，唉，雲夫人真是……太……太……」

聽到兩人恨聲不絕，白素柔聲道：「兩位怪錯人了，我們手頭上的這組數字，並非來自雲夫人，而是另有獲得的途徑。」

兩人「啊」地一聲，像是意外之至，他們的腦筋極靈活：「要是兩方面來路一對證，對解開這組數字之謎，大有幫助！」

我說道：「是啊，雲夫人可有告訴你們這組數字，她自何處得來？」

兩人嘆了一聲：「沒有，而且，她也要求我們，不要追問。」

我和白素互望了一眼，白素道：「那麼，請兩位立刻和她聯絡，與她一起到我們這裏來，我相信雙方印證，可以有大突破。」

兩人道：「是……是……但你們——」

我忙道：「當然我們也找她。」

穆秀珍已成了事情的關鍵人物，在戈壁沙漠連聲答應，通話完畢之後，白素眉心打結，神情悵然：「秀珍竟不來找我們相助，而去找戈壁沙漠，這未免令人傷心。」

我知道白素和穆秀珍一見如故，十分投契，知己好友有事去找別人，不找她，這自然令人不快。

但是我很快就找到了安慰她的話：「這事，其中一定還有很多隱瞞的內情，她不願讓她身邊的人知道，親如她的丈夫，只怕也不知道，不然，戈壁沙漠不會一聽雲氏集團，就有異常反應。還有，她堂姐木蘭花的本領還小了嗎？我看她連木蘭花都瞞着。」

這一番話，合情合理，令白素為之釋懷。她沉聲道：「如今單等她出現了。」

紅綾在一旁，直到此際，才冒出了一句：「事情和秀珍姨有關？」

白素點頭：「可能有關！」

我們都留意到了紅綾一直在專注那組數字，也知道她的腦部活動與常人有異，她是發現了那些數字，並非用漆寫在油布之上，這一發現，已是一個極大突破。所以我和白素，異口同聲地問：「你又有什麼發現？」

紅綾現出茫然神色：「連一點頭緒都沒有——」

但是，她隨即又現出十分具信心的神情：「不過不要緊，真沒有辦法了，我可以去找媽媽的媽媽。」

我和白素一聽，都不禁笑了起來——還以為她有什麼辦法，原來還是小孩子的辦法，有了困難，去找大人。但是轉念一想，紅綾的外婆，白素的媽媽，早已成了外星人，生命形成有了徹底的改變，和地球人相比，也是「神仙」的地位了。

那麼，在地球人眼中看來，深不可測的一堆數字，對她來說，是不是可以一目了然呢？

這就像普通人面對複雜的數學演算，全然不知解法，但是數學家卻完全可了解一樣。

數字，本來只是一種代表性的符號，它的本身，什麼意義也沒有，但是一經組合變化，卻可以代表一切，不但可以代表地球上的萬事萬物，甚至宇宙間的萬事萬物，也可以用數字的組合來代表。

如果問題真正到了我們的能力難以解決的地步，那麼，紅綾的辦法，就是極好的辦法。

白素先笑了起來：「事情真是和秀珍姨有關，我看你真的要幫她！」

想來紅綾是感到，能為她的秀珍姨出點力，是很高興的事——她和穆秀珍性情相近，十分投契。所以，她一舉發出了好幾下歡呼聲。

不過，她又道：「若是憑我自己的力量，能解開這堆數字之謎，自然更好。」

我和白素一起道：「那當然，不過，你可也別太辛苦了，盡自己能力就好。」

紅綾欣然答應。我性子急，第二天，就把那「油布」拿到一個設備完善的化驗室之中，去找他們的負責人，那是我相識多年的朋友。

他一聽得我有東西找他化驗，就大是緊張，親自出手，並允許我在一旁參加。

在經過了各項測試之後，最後是光譜試驗，在螢光屏上出現的，是一片銀灰色的光芒。

我性子急，連聲道：「怎麼樣，究竟是什麼？」

所長一臉苦笑：「衞斯理，好像認識你以來，你交給我化驗的東西，沒有一樣是有結果的！」

整個過程，我在一旁，我當然可以知道，那幾十道化驗程序，沒有一道是有結果的，我剛才那一問，只不過存着萬一的希望而已。

我伸手向他的肩頭拍了幾下：「別難過，我等於已經知道結果了。」

他用疑惑的眼光望向我，我道：「我可以肯定，這裏的設備，加上你的專業知識，只要是地球上可以叫得出名堂的東西，在你這裏，就一定會有化驗的結果——這就是我要知道的結果。」

所長的神情，本來很是沮喪，聽到了我這幾句話，他的臉上，才算是又有了生氣，他連聲道：「你真會給人鼓勵，謝謝你，真謝謝你。」

我把那幅「油布」，鄭而重之地藏好，回家去，向七叔和白素，說出了經過，紅綾帶着她的那頭鷹，躲到一株大樹上去，她告訴白素，她「需要一個好一點的環境，去研究那堆數字」。

七叔和白素聽了，都半晌不語，我攤了攤手：「雖然又是這樣，但這是事實，這堆數字，和記錄數字的物體，都不屬於地球。」

白素默然，七叔卻「呵呵」大笑起來，我聽出他的笑聲之中，有明顯的不同意和嘲弄之意。

我望向他，他直指着我：「你記述的古怪事太多，而且太投入了，以至把事情都定在一個公式的範圍之內了！」

我抗辯：「科學的事實是：經過化驗，不能確定這是什麼東西，所以我的結論是這東西不屬於地球。」

白素竟也站在七叔一邊，她道：「你忽略了一個事實。」

第六部

命數

我揚眉：「請指出這個被我忽略了的事實。」

白素道：「數字的表達形式，完全屬於地球。」

我呆了一呆，是的，我忽略了這一個事實，但是我有我的想法：「假設，一個外星人要把一些信息，表達給地球人知道，那麼，必然會運用地球人對信息的表達方法。」

七叔的意見，顯然和白素一致，他道：「如果外星人要對地球人表達信息，不光是運用地球信號，而且也會用地球人明白的方法。」

我點頭：「是，我們不明白這堆數字表示什麼，那只是我們的問題——你把電腦軟體交到原始人的手中，他也絕不知道那是一種信息的傳遞，可是電腦軟體，卻是地球人表達信息的方式。」

七叔悶哼了一聲：「你的意思是，若干年後，人類一看這堆數字，就可以知道它的含義？」

我吸了一口氣：「大抵如此。」

七叔和白素半晌不語，才問：「你這樣的假設，達成什麼樣的結論？」

我苦笑：「沒有結論，因為我們對那女子是在什麼樣的情形之下獲得這堆數字的，一無所知，但是卻可以繼續假設下去。」

七叔伸手在額上輕敲了兩下：「嗯，用典型的衛氏假設法？」

我很認真地回答：「七叔，這衛氏假設法，是累積經驗、知識而得來，而經驗和知識，有很主要的部分，來自你的影響和教導！」

七叔「呵呵」笑了起來：「不敢當得很——且讓我來假設下去——那女子，在其時某地，遇上了一個外星朋友，那外星朋友，把這堆數字給了那女子……」

七叔說到這裏，向我望了一眼，我頷首表示同意。

七叔又道：「外星朋友可能告訴了那女子這堆數字的含義，也可能沒有。但必然使那女子知道了這堆數字的重要性，所以，那女子才把寫了數字的『油布』，鄭而重之，藏了起來，並且把孩子在危急時，託給了可靠的人！」

我點點頭，但補充：「那女子的危險處境，是純地球式的，和宇宙天體，外星朋友無關。」

七叔和白素的態度，略有保留，但同意了我的說法。

七叔又道：「可是，那女子在託嬰之時，為什麼不對我說明有這個秘密在嬰孩的身上？」

白素道：「她可能認為自己不久就可以脱險，可以得回孩子，得回秘密，那麼，就不會有人知道這個秘密——假設她知道那堆數字的含義，那麼她必然認為，秘密少一個人知道好一點。」

白素說了之後，略頓了一頓：「誰知道她一去之後，就此下落不明。」

我補充一句：「數字藏在嬰兒身上，是不是可能和嬰兒有關？且假設那嬰兒就是穆秀珍，那麼，穆秀珍又從何處，得到了這堆數字？」

七叔不耐煩起來：「這不叫假設，叫不斷地提問題，而又沒有一個問題有答案！」

我道：「看來你對『衛氏假設法』不夠了解——要有答案，必須先有問題！」

七叔瞪了我一眼，我忙舉手：「現在，至少多了一個能解決問題的關鍵人物！」

七叔悶哼了一聲：「誰？」

我道：「除了那女子之外，我們現在，知道穆秀珍也知道那一堆數字，這是一大突破，而且，要找穆秀珍，不是難事！」

七叔總算接受了我的看法，他喃喃地道：「真怪，穆秀珍……秀珍她是從哪裏得到這堆數字的？」

我道：「這就是問題的最大關鍵——我假設，是那女子和秀珍，母女相會，她給她的。」

我口中的「母女相會」中的「母」，自然是指七叔當年在船上遇到的那女子而言。七叔一聽之下，就有點着魔，他喃喃地道：「母女相會……母女相會……她會想到去看女兒，為什麼會想不到來看看我？」

我和白素互望了一眼，白素道：「你整個變了樣子，又改名換姓的，這些年來，我們也用盡了心機，打聽你的消息，又還不是一點結果都沒有！」

七叔「呀」地一聲，如夢初醒：「是啊，我在找她，她也在找我！我找不到她，她也一樣找不到我。」

我道：「我打聽你的下落，也只探聽到你曾到過穆家莊為止，接着就是下落不明了，想來她打聽你的下落，也是到此為止。」

七叔一拍大腿：「瞧啊，此所以她能和秀珍母女相會，因為從我曾到穆家莊這一點上，她能猜到，孩子被留在穆家莊了！」

我知道，要循此線索分析下去，非肯定穆秀珍就是當年那女嬰不可。

雖然這一點的可能性也極高——「秀珍」雖然是一個普通的女性名字，但姓穆並不是大姓。當然，一切還都要等穆秀珍來到，證明她確是穆家莊的人，證明她確曾母女相會過，說出她得到那堆數字的經過，才會有更進一步的突破。

我也說過，要找穆秀珍並不難——確然如此，以前幾次，我想和她聯絡，都很快可以如願，更何況現在，她有事託戈壁沙漠在進行，必然要和兩人聯絡。

可是事情卻有點古怪，一連七八天，我和戈壁沙漠，每天早晚聯絡一次，都沒有穆秀珍的消息。

到了第十天，我忍不住，和她的丈夫雲四風聯絡，雲四風大是訝異：「從上次到現在，你一直沒有找到她？」

我覺得抱歉：「是的，所以才再來打擾你。」

雲四風道：「我也不知道她在何處，她經常很久沒有聯絡，我也習慣了。」

我只好反過來安慰他：「是啊，她行蹤如神龍見首，是大家都知道的！」

白素在我和雲四風聯絡之後，對我道：「盡可能別再去找他了，倒惹他擔心。」

我只好苦笑——在這期間，最不耐煩的，要算是七叔了，他學紅綾，也每天對着那堆數字看，每天問紅綾三四遍：「娃子，可有頭緒？」

紅綾每次的答覆，也都是搖頭。

我和白素，也沒有閒着，一樣在研究那堆數字，並且和幾個密碼專家聯絡過。

幾個專家的意見一致，動作也一致——先說他們的動作，都是一個勁兒地搖頭。我不滿：「你們不是專家麼？專家的專長不是剖解密碼麼？為什麼除了搖頭，什麼都說不上去？」

他們的回答是：「你不能隨便弄一大堆亂七八糟的數字來，就稱之為密碼。密碼雖然有幾千種，但只要是密碼，一定是用來傳遞信息之用，就有一定的規律。別看數字只有十個，但是組合起來，卻是千變萬化。密碼可以由兩個數字起，組成無數組，但用密碼來表示信息，必然有許多組是重複出現的，也就可以從重複出現的次數多寡之中，找到文字運用的規律。可是這一堆數字，難以分組，也絕非重複出現的數字組合，所以，這堆數字，不是密碼——不屬於密碼的範疇！」

解釋得足夠詳細的了，但仍然解不開謎，我沒好氣地問：「那它是什麼？」

專家就是從這時開始搖頭的：「不知道，或許只是一組數字，或許有特殊的意義，別以為數字多，含義就一定大，圓周率就算計到三萬位，仍然只是圓周率。」

我悶哼一聲，其中一個專家道：「衛斯理，在你的記述之中，不是屢屢提及『生命密碼』麼？或許，這就是某一生命形成的密碼，還在人類的知識範圍之外，請恕我們這些地球人無能為力！」

另一個專家，對我輕視他們的態度，大大不滿，竟口出惡言：「去找你的外星人相好找答案好了！」

我本來想反唇相識，可是一轉念之間，也就不再和那種只知道地球有人，不知道天外有天的人一般見識。

專家之中，只有一個，資格極老的，他的一番話，頗有見地。他道：「一堆數字所代表的信息，可以是任何信息，也可以是極簡單，也可以極複雜，所謂『密碼』，只不過是人拿數字來作捉迷藏遊戲的工具而已，和真正數字所能代表的天地，毫不相干，我們不能給你答案，是你找錯人了，不是我們無能！」

我苦笑：「那我應該找誰？」

老專家吸了一口氣：「或許，正如剛才我那位同行所說，應該去找你的外星朋友。」

我也跟着苦笑，無功而退。

這時候，時間已過去了約有半個月，穆秀珍還是音信全無。

我和白素論及那批密碼專家的話，白素忽然道：「上次，穆秀珍說有很大的困擾，要求有超能力的人幫忙，你介紹了什麼人給她？」

我記起來了，那一次，是在大富豪陶啟泉的小島上，穆秀珍雖然沒有對我們說什麼，但是在陶啟泉的口中，我們知道她正受着一些事困擾，陶啟泉佩服她竟能若無其事——她也真的若無其事，還堅持要留在島上，教紅綾潛水，後來還是我們有事要急赴苗疆，這才分了手的。

那次，我介紹給她，希望能給她助力的人是康維十七世。康維是我所認識者之中，最怪的一個人，他是一個「活了的機械人」，是宇宙之中的一種新生命形式——非生物性的生命。

康維幾乎可以說是無所不能的，他的腦部「記憶庫」中所儲藏的資料之豐富，別說在地球上無人能及，在整個宇宙之中，也非同凡響，因為他來自三晶星，而三晶星人的文明，走在宇宙芸芸眾星的前列，而他又是三晶星科學發展的前鋒！

當時，穆秀珍就曾大喜過望，立刻要去見他。後來她是不是和康維見了面，我不得而知，我也不知當時穆秀珍的煩惱是什麼，是不是和如今的這件事有關係。但無論如何，從康維處了解一下穆秀珍，至少了解一下她當時有什麼困擾，也不會有害處。

何況康維這個人有趣之至，由於當初他的設計，是完全依照地球人的思想行為，所以，他和地球人，根本沒有分別，絕不似外星人。

我和康維的交往不深——原振俠醫生和他交情好得多。但我們也不是全無淵源，至少，他如今的愛妻柳絮，能夠擺脱組織的糾纏，成為一個自由人，我也曾參與其事。已有相當時日沒和他聯絡了，不妨在他那裏，打探一下穆秀珍的事。

康維有一個聯絡的電腦密碼傳給我，我一直沒有用過。一來，運用電腦聯絡，我不是很熟練，二來，我始終認為，他這種形式的「新生命」，總有點異樣，沒有什麼事，也就不必距離太近了。

決定了和康維聯絡，我在電腦桌前，坐了下來，按下了一連串的鍵鈕，早些年，我曾在記述中預言：總有一天，人離開電腦，就無法生活。這「總有一天」來得好快，早已在無聲無息之中掩到了；現在，沒有了電腦，人類已經無法生活了。

如今的所謂「現代化生活」，究竟是人在駕馭電腦，還是人像嬰兒依賴乳汁一樣，依賴電腦，沒有了電腦就不能生活，實在已經很明顯了。只不過許多人還在自我陶醉，不自覺察而已。

如果有一朝，電腦活了，也就是人類的末日——而康維卻正是活了的電腦，我之所以不願意主動和康維來往，原因也正在於此。

但我實際上並不排斥康維，我甚至在想，有朝一日，若是地球上的電腦，全部活了，而它們在活了之後，能夠和康維一樣，沒有生物性生命的殘殺同類的遺傳，反倒發揮了生物性生命幾千年來，通過種種方法想發揮而成績不彰的良知，那麼，世界或許會變得更可愛些！

別以為那是很久遠的事——就像人類依賴電腦生活的時代悄悄沒聲地迅速到來一樣，這日子，也必然會在不知不覺中出現。

我一面使用電腦和康維聯絡——一面各種想法，紛至沓來，心緒甚亂。

過了一會，只見電腦終端機的熒光幕上，出現了「哈哈」的字樣。

一看到這樣的字樣，就猶如大鬍子康維，站在面前一樣。

我還必須肯定那是他自己，還是他的電腦設施在代答。我又操作了片刻，熒光幕上，一行一行，先出現看來沒有意義的線條，不多久，這些線條，就形成了一幅人像，正是看來豪邁的大鬍子康維。

在熒幕上的康維，向我單着眼，眨了幾下，就現出了文字：「衛君，你好，秋月明朗，湖景真人，盍興手來，共謀一醉？」

我回了過去：「有事相詢——年前，曾介紹穆秀珍女士找閣下，有事求助，不知情形如何？」

康維略有猶豫的神情，他的回答是：「穆女士來過，相見甚歡。」

然後，不等我再問，他又道：「彼與我商議之事，曾一再叮囑，不能外泄，也曾答允，故無可奉告。」

我連打了三個「哼」過去，在熒幕上的康維，大有為難之處，可是仍然搖頭。

我沒好氣：「好了，不理穆女士之事，我有一堆數字，不知何解，請你告知。」

康維高興起來：「放馬過來，必然三個回合，手起刀落，斬來將於馬前。」

他這個機械人，由於輸入資料的緣故，對有些語言文字，缺乏活學活用的經驗，所以行文造句，有點古怪，不過，當然我都能理解。

我立時告訴他：「你記下了，數字一共是八千三百四十一個。」

康維一怔，不等我把數字打過去，他竟已一下子，回了十來個數字過來，正是那一堆數字開頭的十來個。我立時表示：「正是，原來你早已接觸過這堆數字。」

他的回答說：「正是，原來你早已接觸過穆秀珍！」

我吸了一口氣，從他的反應之中，我已經可以知道穆秀珍當日找他求助的是什麼了。

穆秀珍不知從何處得到了這堆數字，又知道數字和她自身有關，所以到處求人幫助，想解開這堆數字之謎。

而令我疑惑的是，看來，康維十七世竟然也對這堆數字無能為力，因為，若是在康維處有了答案，她就不會再去找戈壁沙漠了。

那是什麼樣的難題，竟連康維十七世，也難以對它有結論？真是太不可思議！

我於是問：「這堆數字，你對之一無所知？」

康維的回答，卻大大出乎我的意料之外，在熒光幕上，出現了一個大大的「不」字，遮過了他的臉面。

我忙打了七八個問號過去。

可是康維卻遲遲未有回答，我在熒幕上，看到他的神情，猶豫不決，我耐心等了足有一分鐘，才算得到了他的回音，可是那竟然是：「對不起，我不能告訴你！」

我不禁勃然大怒，一拳打向鍵盤，電腦立時發出了一陣如同呻吟般的聲響。

康維回應了好幾個「稍安」，又道：「請不要發怒——且等我想一想。」

在熒幕上他現出來的神情，更是猶豫，我為我剛才的暴躁行動道歉：「你不必考慮我是不是聽得明白，你自管說好了。」

康維點了點頭，但仍沒有開始說什麼。

他在約兩分鐘之後，才開始向我解說他對那堆數字的理解。餘下來的時間中，我們都在討論着有關這堆數字的一些狀況。

需要說明的有兩點，第一，我和康維，一直通過電腦在「交談」，這種溝通的方式，十分特別，而且由於設備的緣故，我可以在熒幕上看到他即時的反應行動，他看不到我的。而且，我們互相之間，聽不見對方的聲音，只是通過文字在溝通。

當然，我們可以輕而易舉地通過通訊設備，聽到對方的聲音，但當時我們都沒有到這一點，或許是由於討論一開始，我就被討論的內容吸引住了，所以沒有想到要轉換溝通的方式，而對康維來說，發出聲音表達意思，和用文字來表達，都是一樣的運作過程，沒有分別。

而我在記述的時候，為了避免這種特殊溝通方式所引起的叙述方面的困難，所以就當它是如常的交談好了。

第二，討論的內容極玄，有不少處，我當時聽不懂，後來雖然力求理解，也得着不大，所以這一部分會變得悶而乏味（人對於自己無法理解的事，都會有如是反應），所以我就略去了。

我把主要的，而且，玄得人人都會感到興趣的記述下來——有了這些，也可以對那堆數字有了初步了解，實際上，要了解數字的秘奧，那是人類知識範疇之外的事，我們既然身為地球人，自然不能也無法太貪心。

康維用一聲長嘆開始，我看到他的神情苦惱，接着，他道：「這一堆數字，說不尋常，它奇特之至，說尋常，它又普通之極。」

我呆了一呆：「先說它的不尋常處。」

康維回答是：「照說，應該沒有人能得到這堆數字，它存在，但是屬於一個沒有人知道的秘密。」

我皺着眉，一時之間，仍不知他何所指，只好再問：「再說它的普通處。」

康維濃眉一揚：「它普通得人人都有，不但是人，所有的生物，微不足道如一株野草，一隻小蟲，高級到如人，如靈長類的動物，個個都擁有一大堆數字，個個不同。」

我失聲道：「生命密碼！」

康維道：「是，可以如此稱呼它，生命——不管是什麼樣的生命，只要是生物性的生命，就完全受一堆數字所控制，絕不能越出半分，這堆數字規定了生命是一株草，這株草就必然依照數字規定的模式生長。數字規定了生命是一隻蛾，這隻蛾就世世代代，照着數字規定的程式生長，這堆數字，有點像輸入電腦的一個程式，程式一經輸入，以後的發展，也就確定了。」

這一段話，我頗能理解，同時，也明白了康維所說的「不尋常」，因為人類早已知道生命密碼的存在。人類對命數的研究，自幾千年之前已經開始了，但是至今為止，實實在在，還沒有聽說什麼人，已掌握了命數，已可以把生物的生命密碼列出來了。

所以，這一堆數字，如果是某一種生物的完整生命密碼，那麼，這是了不起的一個大發現。

接下來的一個問題，自然而然，不可能問別的，我問：「這是什麼生物的生命密碼？」

康維的回答簡單之至，也在我的意料之中：「人！」

當然是人，誰會把一隻水螅的生命密碼如此鄭而重之記下來。

接下的一個問題，更是必然的了：「那是什麼人的命數？」

我自然而然，用了「命數」這個現成的詞，替代了「生命密碼」這個詞，是由於我明白，那一大堆數字，確然是生命之數，一個人是高是矮，是俊是醜，是強是弱，是聰明是愚魯，是胸懷大志是樂天知命，是豪氣干雲是鬼胎小人，是富貴是貧賤，是叱吒風雲是默默無聞，全都在這堆數字之中了。

這堆數字，顯示了一個人的一生，是一個人一生早已輸入的程式，這個人的一生，任何生命的細節，都將根據這堆數字，一絲不苟地一一執行，不能也不會違反，這就是命數。

第七部

算式

我已知道，一個人的一生，事無巨細，都在這堆命數之中，巨，可以到這個人忽然起了替代當朝皇帝之念，因而造反成了新皇帝。細，可以到這個人某年某月某日，想吃一頓紅燒肉而不果，結果吃了一條紅燒魚。

一切都已設定，設定在這一堆數字之中，所以，這堆數字，就叫「命數」。

人類早就知道生命是由這樣的一堆數字操縱，所以千方百計，想要找出數字所顯示的答案來。在這一方面的努力，以中國人最為有成績，中國人在古舊悠久的文明之中，有一科是專攻命數的。

這一科通過種種的計算方法，企圖解開命數的奧秘，其成就在全人類中，首屈一指。

但雖說在人類之中已首屈一指，並不代表它的成就極大；相反，成就極小，幾乎連命數的皮毛，都未能有所了解。

但已不能說研究完全無成績，在這一方面的成就，西洋的占星術，只能說是幼兒園的低班，而中國的各種占算之術，雖不能說是登堂入室，已窺命數的奧秘，但也至少已有小學的程度了。

中國人在向命數這個神秘領域進攻的過程中，發現了一個人的出生年月日時，就已經蘊含了命數的秘密，因而進一步創造了「天干」、「地支」，六十年一個循環的計算方法，把人的出生年月日時，演變為一連串的數字——那就是我們熟悉的「八字」算命法了。

通過這種方法，確然可以把一個人一生中的大事，粗略地提前知道，但是準確的程度卻並不高。在各家各派的術數之中，準確程度頗高的，是所謂「鐵板神數」，據說傳自宋代的邵康節。邵康節是一個術士，他留下了一部奇書，這部奇書，以數字和文字解合組成，數字在前，文字在後，而數字和文字，互相呼應。

據習此術數的術士稱，世上芸芸眾生，所有的命運，全在這部奇書之中，只要找到了與某一個人命數有關的數字，對照這個數字相應的文字，文字就展示了這某一個人一生的命運。

這種情形，不是和電腦設定了資料，再去按鍵令之顯示，十分相似嗎？

那位傳下奇書的邵康節，如果是地球人，相信他難以在生命密碼上，會有這樣的突破。那麼，「奇書」自何而來，也就有了順理成章的假設——那是外星人研究地球人生命密碼的資料。

而據如今存世的「奇書」來看，那只不過是資料中極少的一部分，絕不是全部；如能看見全部，那麼根據這些資料，早就可以解開全部生命密碼之謎，不會像如今那樣，只能通過術士的計算，而得知一部分事實。

如今存世的「奇書」，確然涉及生命密碼的奧秘，通過計算所得的數字，可以知道一個人生命之中，已發生的許多事，早已設定了的許多事，和還未發生，但必然會發生的若干事。

這種奇妙的現象，只要用「生命密碼決定人的一生」這個原則去解釋，也就沒有什麼神秘了——人的一生，是早已設定的程式，所謂「一生」，就是隨着時間，把程式一一演繹出來！

也正是如此，人的一生，才是一生，如果早已什麼都知道了，這一生怎麼過？可是偏偏有那麼多人，熱中於「提前知道」！

也幸而如今通過術數，能使人提前知道的，只是一鱗半爪，而且，也令人半信半疑，這才趣味盎然。

康維十七世說那一大堆數字，是一個人的生命密碼，數字竟高達八千多位，那就算不是一個人的全部生命密碼，也必然是其中的很大一部分了。

也就是說，通過這堆數字，可以知道某一個人一生的命運，這位某君，在某年某月某日某時，會發生某種事，都可以知道——那是一個人一生已經設定的程式，這個人的一生，都將依據這堆數字運作。

這堆數字，對其他人來說，意義不大，但是對這些當事人來說，卻是頭等的大事，那是他的一生！

所以，我自然而然問：「那是誰的生命密碼？」

康維的回答是：「不知道。」

我心跳加劇，說：「據我所知，這堆數字，曾在一個女嬰的襁褓之中被發現，而這個女嬰，很可能就是穆秀珍。」

我並沒有直說，那堆數字可能是穆秀珍的生命密碼，但我這樣說了，康維當然明白我的意思。他過了片刻才回答我：「你令我為難了。」

我忙道：「如果我們在討論的事，和穆秀珍有關，請相信我，我們都是為了想幫助她！」

康維神情為難，他一面搖頭，一面對我的話作出反應：「我可以告訴你，她曾要求我檢查她的生命密碼——」

我吃了一驚：「你竟掌握了這個技術？」

康維道：「我所掌握的，比人類所掌握的，只不過多一點點，譬如說，人類已經可以把遺傳密碼，計算分析到了八十位數字，我至多只不過能計算到一百位。至於上千位，甚至八千多位，那是難以想像的事——穆秀珍要我做的事，人類也可以做得到。」

我吸了一口氣，不由自主地伸手在胸口搓揉了幾下道：「結果是——」

康維回答：「不是她的生命密碼，可以肯定，那不是她的生命密碼。」我皺着眉，康維接着又道：「我所能給她的幫助，也到此為止，所以她離去了。她曾要我答應，絕不能把這事告訴別人，你已經令我違背了承諾。」

我只得道：「你也知道我不是隨隨便便的『別人』。」

康維的神情無可奈何，我卻還未滿足，我又問：「穆女士可有告訴你，她是從何處得到那堆數字的？」

康維的回答是：「沒有。」

我又道：「據我所知，穆女士曾因此而感到困擾，是不是她感到了這堆數字對她來說，有什麼特別意義？」

康維有點惱怒地說：「衛斯理，你太過分了，穆女士是一位極可愛的女性，如果她覺得有些事不想公開的話，你若是硬要鬧個天下皆知，那就卑鄙無恥！」

我冷笑一聲：「你最近又增添了些什麼新的資料？怎麼居然懂得講話押韻了？」

康維惱怒地說：「你這個人——」

我接上去：「我這個人，雖然樣樣不如你，但也可以向你提供幫助，像這堆數字，是人類的生命密碼，你以前就不知道可以達到八千多位數，我相信你也正從事這方面的研究，我對你豈非大有幫助？」

康維有一分鐘的沉默──我知道這幾句話，是說中了他心底的想法的。其實，不論是哪一個主體上的高級生物，闖關萬萬里，長途跋涉，來到地球，而又停留了下來，研究的對象，當然不會是地球本身──地球有什麼好研究的？只不過是宇宙中的一粒塵埃而已。

外星人感興趣的，要深入研究的是生活在地球上的高級生物──人！

外星人對地球人的好奇，是由於地球人性格行為的千變萬化，聽說沒有一個人會有完全相同的性格和行為，甚至同一個人，也會出現截然不同的性格和行為，這一點，和地球上的其他生物，全然不同。

在人的身上，出現這種現象，一切都是由每個人擁有不同的生命密碼所形成的。所以，這一個課題，也是一切來到地球的外星人的大課題。

康維的生命形式雖然不同，但是他對地球人命數之謎，自然也一樣大感興趣，所以，我的話對他起了作用。

在沉默了一分鐘之後，他才道：「是，想不到是如此複雜。在此以前，所有的研究，都以為——」

他說到這裏，停了下來。

我道：「請繼續說下去。作為被研究的對象，我應該有權知道一下你們研究的結果。」

我時刻強調「你們」，以示他們在暗中進行的研究，並不見得正大光明。

康維明白我的指責，急急分辯：「我們沒有惡意，所有的研究，都沒有惡意。」

我立即反應：「所謂『所有的研究』，並不全面，你們之中，顯然有人取得了卓越的成就，但是卻秘而不宣，並沒有公諸同好。我不知道你們之間，是不是有什麼協定？如有，顯然有人違反了。」

康維的神情，複雜之極，我知道，在地球上活動的眾多外星人之間，確然有某些協定存在，那些協定，並非細節，而是一些原則，例如對某些項目的研究，要互相交流研究的成果，等等。

康維所屬的是三晶星，三晶星人對地球的研究，由來已久，康維更是三晶星人知識之庫，可是連他對人類的生命之數，所知也不多。

而那堆數字所顯示的，比康維所知的進步了許多倍，那當然不是地球人自己研究出來，而是不知哪一個外星人研究的結果——這個外星人並沒有公布研究的結果。

康維的神情變得如此難看，那自然是主要原因。

我看到他口唇微動，像是說了幾句話，但卻聽不到。本來，我對唇語很有研究，但這時，一時之間，不知他使用了什麼語言——若是三晶星語，我就算聽到了聲音，也一樣不知所云。

我追問了兩次，他才沒好氣回答：「我在罵人！」

我再問：「可有捱罵的對象？」

康維大失風度地說：「沒有，不知道是哪一個王八蛋星人，有了這樣的成績，卻秘而不宣，叫我們還在黑暗中胡亂摸索。」

我聽了康維的話，心中起了一陣莫名的反感，我道：「有一個典故，叫『問昇』，不知你是不是知道內容？」

康維有點憤怒地說：「當然知道，楚王問周昇大小重量，心懷叵測，意圖不軌。」

我道：「是啊，我不明白，諸多外星大哥，為什麼會對地球人的生命之數這樣有興趣，齊齊加以研究，是不是也有不可測之因由？」

康維的雙眼瞪得極大，說：「對不起，我從來也沒有想過這個問題，有一句成語，叫『小人之心』，不知你是不是知道內容？」

我的反應是，報以一連串的「嘿嘿嘿嘿」。

康維又道：「若是找到了生命之數的奧秘，對地球人的生命歷程，大有幫助。」

我反對：「若是不能改變，何來幫助？」

康維道：「先要弄清楚，才能進一步設法令之改變。」

我的思緒十分混亂，所以我的回答是：「我不懂。」

康維道：「我懂的也不比你多，直到穆女士來找我，給了我這堆數字，我才有了一大突破。」

我道：「願聞其詳。」

康維猶豫了一下：「命數的形成，過程極其複雜，是跟隨着新生命形成的那一剎間，就成了定局的。」

我暗嘆了一聲：「請說得叫我容易明白些。」

康維道：「卵子本身是生命，精子也是，精子和卵子結合，這才形成新生命。」

一時之間，我也不知他何以從那麼早說起。他說的情形，正是每一個人的生命之始。

他又道：「精子有本身的生命密碼，卵子也是。我們以前的研究，一直認為，新生命的形成，是兩個生命之數相加或相乘。」

我吸了一口氣：「實際上不是。」

康維並沒有立刻回答，只是繼續發表他的意見：「相加太簡單，早已被棄之不用；相乘所得出來的結果，似是而非，像對，又不像對，偶然有一些對了，教人喜歡，可是發展下去，卻又不對了——這種情形，最能吸引人繼續研究下去，所以，那一直是研究的方向。」

我對生命之數，也不是一無所知，所以等他講到這裏，我就插嘴：「生命之數，不單是精子和卵子的生命密碼相結合那麼簡單的。」

康維立時有了回答：「是，還有其他的因素，例如天體運行到這一刻的一個數據——這已是複雜無比的數字，所謂『占星術』，和中國人的『八字』，就是想算出這一部分的數據來。這一部分的數據算準了，對了解命數，也有一定作用，這是『算八字』偶然也可以算出生命中一些大事的原因。可是，那對整個生命之數來說，只觸及了萬萬分之一，甚至，連準確地計算那一刻的時間，也有極大的困難。」

我默然——西洋的星座說當然不值一提，就算根據蒙上了一層玄之又玄的神秘色彩的「八字」來演算生平，也只掌握了九牛一毛的奧秘。正如康維所說，每個人的生命之始，是在什麼準確的時間發生的，一千萬個人之中，也不見得有一個人可以講得出來。

根本的根據不準確，因之而產生的一切數據，自然也有了偏差。

由此可知，要獲得一個人正確的生命之數，是何等困難的事。

而康維接下來的話，更令我瞠目結舌，他道：「還有一個更複雜的數據，是一個生命形成之始，所處之地的地球磁場因素，地球磁場別說地球人自己弄不清楚，據我所知，單為觀察，記錄地球磁場的研究站，至少有十個以上。至今為止，還沒有一個確切的結論，而這一部分的數字，在命數中所佔的比例雖然不大，也極重要，就算在數字上，只是萬分之一的差別，衍化開去，就是人和猩猩的差別了——失之毫釐，差之千里，就是這個意思。」

我不禁又呆了半晌。常聽到人責疑「八字」這種演算命數之法：「兩個同一時間出生的人，難道一生的命運就完全一樣嗎？」

這種責疑很可笑。因為，根據「八字」所得出的數據，在命數中所佔的比例極少——它根本就是不正確，極不完整的。而且，所謂「同一時間出生」的這種説法，也難以成立，因為生命成形之初是什麼時候，難以確定，就算確定了，也有萬分之一秒或億分之一秒的差異。

再加上康維剛才提出的，還有由於所處地域方位的不同，由此而產生的磁場數字的差異，這就形成了根本不可能有生命之數完全相同的人，也就是說，沒有生命歷程完全相同的人。

康維進一步喟歎：「地球人的生命之數的組成，如此複雜，真叫人歎為觀止。可是，由這麼複雜的組合過程形成的生命，卻如此脆弱，也真叫人百思不得其解！」

我遲疑：「你這樣說的意思是——」

康維道：「我這樣說的意思，簡單之至，人類生命的形成過程，複雜無比，但是生命卻如此容易消失，一顆炮彈，一場車禍，甚至一些莫名其妙的仇恨，都能使若干生命就此消失；更別說一場革命，一個主義的推行，一個獨裁者的瘋狂（獨裁必然產生瘋狂），都可以導致幾百萬幾十萬生命消失，而每一個生命的形成，都有極複雜的過程。而且，生命就算存在着，也大大地辜負了如此精確複雜的形成過程，有太多地球人，他們的一生，有什麼意義可言？這等於……等於……」

康維的那一大堆話，直壓得我心頭透不過氣來。

他繼續道：「這就像通過幾萬個繁複的工序，要求一絲不苟，絕不能出絲毫差錯，可是製造出來的卻是一件廢物一樣，真不可思議。」

我不禁苦笑，康維的話，很是苛刻，但是作為地球人，我卻難以反駁。

康維又道：「其中必然有我們不了解的地方，或許，是不知道什麼地方出了差錯——生命，地球人的生命，本來不應該是這樣子的！」他稍停片刻，然後說出來的話，更加難聽：「若然地球人的生命設計出來本就是如今這樣子的話，何必如此複雜？生命密碼大可簡單得多！」

他這話等於是在罵地球人是「廢物」了。我用手勢大大地打了一個問號，並表示我的意見：「即使是一隻螞蟻，生命密碼也複雜無比。生命自有它本身的意義，不是三言兩語說得明白，只怕也不是數字所能計算出來的。」

康維並沒有和我爭辯，他只道：「可以計算生命的歷程——我們的方法開始就錯了，生命形成之始，兩個因素的結合，它們各自的生命之數，不是相乘。」

他又說回原本的話題了，我凝神看他發表些什麼。

康維道：「用你們的數字表達方式來表達，兩個數字之中的另一個，應該寫在一個的右上角，用較小的字體。」

我呆了一呆，隨即在電腦的熒光幕上列出了一個算式來，我所列的如下：

假設精子的生命之數是x

卵子的生命之數是y

當生命形成時，生命之數不是xy，而是x^y

然後我問：「對不對？」

康維立刻有了回答：「還不知道，但第一式肯定不對，第二式還有待演算。」

我吸了一口氣，第一式是兩數相乘，而第二式則一數是另一數的「次方」，其間相差不可以道理計，以兩數都是一位數而言，若皆是九，則相乘只不過是八十一，而九的九次方，則是三億八十七百四十二萬零四百八十九。

如果是兩位數，三位數，或更多的位數，那相去更是巨大無比！

此所以有八千多位的數字的出現！

但是，這八千多位的數字，又是什麼人計算出來的呢？

不等我再發問，康維已經道：「我會去弄明白，誰在我們之中先行一步，但卻又不公開。」

我則補充：「重要的是，弄明白現在這一堆數字是誰的命數。」

康維停了半晌，才有回應：「你和穆女士的反應相同，都急於想弄清這些數字是什麼人的。其實，那並沒有意義。不論這個人是誰，他有命數，其他任何人——地球上五十多億人，包括還過着原始生活的穴居人在內，人人都有，何足為奇！」

我給康維的論調堵得說不出話來，我道：「我的意思是，這堆命數的主人，和穆秀珍一定有深切的關係，她身世不明，或許可以在這方面，追查出一點線索來！」

康維在熒光幕上忽然現出了不以為然的神情，而且，大有不屑的意味，說：「人類很注重自己的身世，一些所謂學者，也很強調遺傳因子的影響，那都是由於對生命之數缺乏了解之故。」

我有點惱火：「你這個機械人不必神氣，你也是得到了這堆數字之後，才對人類命數之秘跨出了第二步。而且，你絕不能否認遺傳因子的作用，一代代相傳，容貌相似的例子太多了。」

康維冷冷地回了一句：「可惜人的一生，不是用容貌來決定的。」

我回答：「性格相似的例子也不少！」

康維牽了牽嘴角，這個機械人，做起表情來，比真人還要十足。

他道：「有一個名詞：『皮相』，你應該知道是什麼意思。兩代的容貌相似，是先天的『皮相』，所謂性格相似也者，是後天的『皮相』，後天的皮相，最是虛偽，是在上一代還可以控制下一代時，下一代為了求生存而所作出的虛偽表現。一旦上一代失去了控制能力，下一代的真性格就會顯露，那時就知道兩個人是如何不同了。」

我皺着眉，康維的這一番話，牽涉到的問題太多，我不想和他討論。

第八部

絕頂孤寂

白說！

尤其是，這問題，涉及人類的倫理，他這個機械人懂得什麼？與他說也是白說！

所以我轉換了話題：「人類自有人類的想法，穆女士如果為自己的身世而困擾，作為朋友，就應該替她，或幫她解決困擾。」

康維道：「那至少也等她主動提出，就算是朋友，也不必一有風吹草動，就去獻身幫忙——或許朋友根本不想你插手！」

他這樣說法，簡直是在直斥我多管閒事了，我忍住了氣：「你對這堆數字，如果研究有了眉目，如何和穆女士聯絡？」

康維的回答是：「她給了我一個電話號碼——」

他接着，把這個號碼說了出來，那也正是我擁有的同一號碼。

而我已知道，這個二十四小時有專人接聽的電話，聯絡不上穆秀珍——立刻有回言的是雲四風，而雲四風也不知道穆秀珍芳蹤何處。

看來，暫時康維也不能給我什麼特別的幫助，不過我還是衷心地道：「很高興和你商談，你的話，給了我很多啟示。」

康維道：「你太客氣了。」

我還有點不死心，所以又重複了一次：「通常，在嬰兒襁褓之中發現的物件，都和嬰兒有關，尤其這嬰兒是棄嬰時，會更有關係——你肯定那堆數字與穆秀珍無關？」

康維道：「我不能告訴你有關或無關，我只能說，我不知道！」

不待我再提出疑問，他又道：「因為我無法算清楚穆女士的生命密碼，所以無從比照——必須有了穆女士的生命之數，與那八千多位數字，一一對比，才能知道那是不是和她有關。」

我進一步問：「如果，那是她的命數？」

康維像是早已料到我有此一問，他立即回答：「就算是，那也不代表什麼！」

我立即反駁：「怎麼不代表什麼？那代表了她的一生，代表了她一生中會發生的任何事！」

康維道：「是，但第一，我解不開密碼，無法知道『三七七一』代表什麼，甚至不知道應該是兩個數字一組，還是九個數字一組。第二，就算知道了，那又怎麼樣？一切都不能改變，知道了又奈何？」

我抗爭：「真要是知道了，我不信絕對不能改變——我們不改變事實，而是改變節數，那就可以使命運也隨之改變。如果穆女士的生命後期，有什麼兇險，也就可以避免了。」

康維也無法肯定我的想法，他道：「理論上來說，確然如此，但你猜想她的壽命多長，一百五十年？」

我惱怒：「你明知不會那麼長！」

康維道：「這就是了，我估計，一百五十年之內，我們研究不出命數的奧秘，到時，什麼該發生的事，都早已成為過去了。」

我仍然不死心：「如果能找到對命數早已有了這種研究的『他們』——」

康維也有點惱怒：「我不會去求什麼人，除非『他們』自願公開研究的成果！」

我沒有再說什麼，康維居然極有禮貌，使我自愧不如，他道：「代向尊夫人問好。」

我忙回答：「謝謝，尊夫人可好？」

康維十七世和她的妻子柳絮的事，在原振俠故事中，有詳盡的記載，柳絮是那十二個身分特異的女子中的「大姐」——最年幼的，是喇嘛教女神轉世的秋英。這十二個奇女子，在我的記述之中出現過，和在原振俠故事之中，成為主要人物的，除了柳絮和秋英之外，還有海棠，黃蟬，水紅，每一個身上的故事，都足以令任何一個寫故事的人，一生都不愁題材缺乏。

而未曾露過面的那幾位，自然也各自有她們精彩絕倫的故事，看看我是不是有機會，把她們每一個人，至少寫一件最精彩的故事出來。

這十二個奇女子的姓名，都是花卉，這一點，很是容易明白她們的身分，所以，行走江湖，要是忽然有美女自報姓名，是「鳳仙」、「水仙」或「衛矛」什麼的，就要小心一些了。

這是題外話，我所料不到的是，我隨便問候了一句，熒幕上突然出現了柳絮，和康維肩並肩，她看來還是那麼古典，眉目如畫。

同時，也現出了她的問候：「衛先生，你好，我有幾句話想對你說！」她並沒有利用電腦傳訊，而只是自顧自說着，我已聽不到她的聲音，但是通過我對唇語的熟悉，就很容易知道她在說些什麼。

我知道她看不到我，但還是不由自主，點了點頭，當然，我立即再回答：「歡迎之至，請說。」

柳絮道：「他對人類追求自己生命奧秘的熱切心理，不是很了解，因為他自己的生命，來龍去脈，一清二楚，沒有兩性的糾纏恩怨愛恨存在。」

一聽得柳絮這樣說，我又是感慨。

柳絮口中的「他」，自然是康維。康維是一個機械人，是製造出來的，有千百個人參加製造，在製造的過程之中，也全然沒有感情的投入。

可是地球人卻不同。

一個地球人的產生，絕大多數的情形下，有一個男人和一個女人的種種糾纏在，這種先天的關係，必然影響到了一個人的情緒和感情，這就是地球人的「親情」。

康維這個機械人，雖然一切都依照了地球人的程式來製造，也必然在他的腦部輸入了「親情」這種感覺，但是，他畢竟不是真正的地球人，所以在這種感覺上，也必然隔了一層！

柳絮的話，也使我大是高興，因為她懂得這樣說，可見她雖然和康維在一起，但是並沒有忘本。

柳絮又說了一句：「你當然明白我的意思？」

我忙回應：「太明白了。」

柳絮又道：「秀珍上次來的時候，我們一見如故，我和她作竟夜談，有說不完的話，這些話，康維在一旁聽了，竟然時時打呵欠！」

我在熒幕上看到，柳絮在向康維白眼，而康維則神情忸怩尷尬。我不禁大樂，因為這證明這一對不同生命形式的結合，日子過得很好。

我笑道：「這倒不能怪康維——兩個地球女人在談話，連真正的地球男人，都會打呵欠的！」

柳絮也笑了起來：「我們談了許多，天上地下，無所不談，而談得最多的一點，是因為我們兩人，都同病相憐，人生有一樣的缺憾。」

我不禁呆了一呆，柳絮和穆秀珍，我雖然都認識，可是說到「人生缺憾」這樣的大題目，我就不便說什麼了，因為我一點也不知道她們有什麼同樣的人生缺憾。

柳絮立刻就給了我心中這個疑問的答案：「我和她，都不知道自己的身世。」

我心中「啊」地一聲，一時之間，只覺得柳絮的這句話中，有無限的蒼涼，有難以言喻的寂寞，更有無可比擬的失落。

我沒有立時有反應，柳絮又道：「我們不知道自己的父母是誰，不知道自己是不是還有兄弟姐妹，不知道是不是還有親人，什麼都不知道，在血緣關係上，我們只是孤零零的一個人，人海茫茫，我們不知道自己是屬於哪一些人，我們明明應該屬於什麼——可是卻又變得什麼歸屬都沒有，所以，像我們這種人，被稱為『孤兒』——孤！那是一種可怕之至的感覺。」

我真正地呆住了，無法有任何反應。而剎那之間，更是感慨萬千。

首先，我自己本身，從來也沒有這種「孤獨」的感覺，而且，我也不覺得這種感覺會有什麼可怕。

正當我這樣想時，柳絮又補充道：「我們這種孤獨感，和自幼和父母分離，或是自小喪失了父母的孤兒不同。他們知道自己的來歷，還有除了父母之外的親人，只有我和秀珍的這種情形，才是人海茫茫，唯我獨存的孤寂。」

當柳絮這樣說的時候，我看到康維望着她，一臉愛憐的神色。但是他都不以為然，口唇掀動：「不至於有這樣嚴重吧。」

柳絮神色淒苦，好一會不出聲。

這時，我心頭狂跳——我和七叔——假定當年那女嬰就是穆秀珍，始終只是「假定」，在未曾聯絡上穆秀珍之前，還未能確實肯定。可是如今，卻在柳絮的口中，間接得到了證實。

我試探着問：「穆秀珍……有一個堂姐，是大名鼎鼎的木蘭花，她不像是……沒有親人的孤兒……我也未曾聽她提起過。」

柳絮道：「這種深切的悲哀，埋藏在我們心底深處，若不是知道對方和自己一樣，說了之後會有共鳴，有同感，那是絕不會輕易向別人透露自己心中的那種無依落寞之感的。秀珍就是那樣。」

我悶哼了一聲，回應道：「秀珍她成為孤兒的經過如何，她可有告訴你？」

柳絮道：「要是知道經過，那也不成為真正的孤兒了。她直到最近，才知道自己身世不明——她在襁褓之中，就由一個人養着，那人和她顯然沒有血緣關係，那人把她託給了她的養父，當年是中國北方一座大莊的莊主，是一個燕趙慷慨豪俠之士。」

我不由自主，閉上眼睛一會，是了，那就是七叔把女嬰交給穆莊主的情節，穆秀珍就是當年那個女嬰！

不過，看來，穆莊主並沒有把她的來歷告訴她，一直守口如瓶！

我道：「那莊主想必待她甚好？」

柳絮道：「就如親生女兒一樣。」

我有點不以為然：「她有幸福的生活，她周圍的人，都不當她是外來者，她和木蘭花情同姐妹，她為什麼還會懷念她那不明的身世？」

在柳絮旁的康維，立刻表示同意：「衛君說得對！」

柳絮道：「不知道，也就什麼都不知道，一旦知道了，就像有一群蟻在咬一樣，每一分每一秒，都會問：我是誰？我從哪裏來？我的親人在哪裏？為什麼放眼望出去，全是陌生人——」

我不等她說完，就大喝一聲：「陌生人？那是什麼意思？或許你有這種感覺，但秀珍不會！」

柳絮神情固執：「會的，只要你知道了所有可以見得到的人，生命數字和你都完全沒有任何關係，你就會有這種感覺。」

我不禁怔住了，作聲不得。

生命數字！

然後，我急急地問：「你這樣說是什麼意思——是說，有血緣關係的人，生命數字也有一定的關係？」

康維插言：「衛君，你的思緒紊亂了——人類早已可以從遺傳基因的數據之中，確認人與人之間的血緣關係，何以你還要這樣問？」

我不禁伸手在自己的頭上拍打了一下，真是，我一時糊塗了——有血緣關係的人，生命數字自然大有關係！

這種方法，被應用在鑑定嫡系關係上，已經有很多年了，我當然應該知道。

我明白我剛才那一問，其實並不是不知道這一點，而在這一點的基礎上，想求證些什麼，但究竟想求證什麼，我一時之間，還很是模糊，說不上來。

我知道自己一定終於可以想起要求證什麼的，如今要問的問題太多，可以暫且擱一擱再說。

我用力搖了搖頭：「對不起，我只是想到了一些什麼，可是未曾抓到中心。」

柳絮理解：「不要緊，會在忽然之間，靈光一閃，就有了答案。」

這種「靈光一閃」的情形，在人的思考過程中，是很常見的事，但在電腦的運作過程之中，可能不會有這種情形，所以康維在一旁，搖了搖頭。

我十分認真地問：「秀珍對她自己的來歷，一無所知？」

柳絮道：「是的！」

柳絮在說了之後，頓了一頓，說出了一番話來，頗令我吃驚——或者說，令我在匪夷所思之際，感到有點暈眩，太異想天開了。

柳絮道：「秀珍在帶着這一堆數字前來的時候，不知道是什麼緣故，她竟像是知道那堆數字，是一個人的生命密碼，她作了這方面的提示，康維方能肯定！」

我大是奇訝，因為以七叔的才智聰明和見識，不見得會在穆秀珍之下。何以他得到了那堆數字那麼久，一點概念也沒有，全然不知所云，而穆秀珍卻可以肯定那是「生命之數」？

我有理由相信那是穆秀珍在得到數字的同時，也曾得到過某種提示之故。

我追問：「秀珍始終沒有說，她如何得到那堆數字的經過？」

柳絮道：「沒有。」

我道：「這有點說不過去吧，你們一見如故，竟夜長談，應該是無所不言的了？」

柳絮道：「是，我問了兩次，她都皺着眉不出聲，衛先生，你會不會問第三次？」

我苦笑：「我會問第十次！」

柳絮嘆了一聲：「終有見到她的時候，請你問她，我也想知道。」

給我這麼一打岔，柳絮是在停了一停之後，才說出了那番話來的。

柳絮道：「經過秀珍的提示，康維肯定了那是一個人的命數，而且完整的程度，前所未見，超越他們多年來研究的成果——」

柳絮說到這裏，康維接了上去：「九十倍。」

我吃了一驚，在科學研究上，有小數點之後的進步，已經是了不起的突破了，這一下子把研究的成果，提高了九十倍，真足以令人窒息。

我遲疑了一下：「這……九十倍……」

康維道：「本來，我們研究地球人的生命密碼，只分析羅列到了九十位的數字，只是八千多位數字的九十分之一，相去太遠了！」

我連吸了幾口氣，柳絮又道：「在有了結果之後，秀珍的要求是——」

我失聲道：「她要求列出她自己的生命密碼，兩者作一比較？」

柳絮道：「是，這要求很自然，是不是？」

我苦笑：「是，很自然，結果如何？」

柳絮卻並不立即回答：「她當時這樣要求，可能有兩個目的，其一是想知道，那是不是她自己的命數。其二，是想知道，那一堆命數的主人，和她是不是有關係。」

我再次問：「結果如何？」

柳絮並不直接回答，只是道：「所以，同時又檢查了她的脫氧核醣核酸的基因——人的生命之數，全蘊藏在人體的這一部分之中。」

我第三次問：「結果怎麼樣？」

這一次，卻由康維來回答，他道：「我們所取得的，屬於穆女士的生命密碼，由於我們在這方面研究的局限，只是一個……初步的數字。」

我明白了他的意思：「我知道——初步的數字，和詳盡的數字，很難作比較，但總有一點……關係，可以在兩組數字中看出來的吧？」

康維道：「是。」

我聽出他和柳絮兩人，支吾其詞，遲遲不肯直接答覆我的這個問題，其中必有原因在。

所以，我第四次問：「結果怎麼樣？」

康維仍然沒有直接回答：「你要知道，用這樣兩組數字比較，所得出的結果，可能和事實相去甚遠，因為脫氧核醣核酸基因所含的數字，複雜無比，而每一種生物的差別，又極其微小——」

我道：「我知道，人和黑猩猩，就有百分之九十九相同。請問，結果怎樣？」

康維吸了一口氣：「我再重複說明，你就算拿一頭黑猩猩的DNA基因數字來比較，得出的結果，也是一樣的，所以，嚴格來說，可以說是沒有結果。」

柳絮補充道：「可是，秀珍卻由於心理上的需求，她相信檢驗已有了結果。」

我嘆了一聲：「那麼，請告訴我令她相信的結果是什麼，好嗎？」

柳絮道：「她相信，那一堆數字，是屬於一個男性的生命之數，而這個男性，和她有極親近的血緣關係，她沒有兒子，所以——」

我怔了一怔：「所以，那是她父親的命數！」

柳絮道：「她相信是如此，實際上的情形，康維已經解釋過了。」

我閉上眼睛一會，迅速把七叔向我敘述，發生女嬰到他手中的經過，想了一遍。

七叔曾說到，那女人在跳河之前，曾叫了一句「她父親是——」

可是由於逆風和慌亂，七叔並沒有聽清楚那女人叫的是一個人的名字或一個人的身分。他只是根據當時情形的審度，猜測女嬰的父親，是一方面的一個重要人物——這正是他投身於那般洪流的原因。他投身於那一方面的目的，並不是為國為民，也不是為了什麼主義，而只是為了想再見那女子，或是為了想弄清楚那女嬰的父親是誰。

而結果，鬼使神差，在天翻地覆的洪流之中，他成了獨當一面的大將軍，而當初他那秘密的心願，卻一直未能夠實現。

我十分相信康維的話，以如今的所能，拿一頭黑猩猩的生命密碼去和那一堆數字去比較，也能得出相類似的結論。但那是「旁觀者清」的感覺，而穆秀珍的內心深處，有着如此深刻的絕頂孤寂，她就像是一個將溺的人一樣，抓住了一根稻草，也是好的。

所以她就相信了那絕靠不住的結果。

雖然，那結果也有可能是正確的——然而，那又怎麼樣，她又上哪裏去找那個人去？

當我想到這一點時，柳絮也說出了那一番令我感到不可思議，為之暈眩的話來。

她道：「秀珍的精神狀態，很令人焦慮，她竟然興奮無比，她叫着：『太好了，我可以知道自己的生命由來了，我可以知道自己的父親是什麼人了。』我和康維被她嚇得說不出話來，還是康維大着膽子，問了她一句。」

康維接了上去：「我問她：『你如何才能憑這堆數字，找到你的父親？』」

如果當時我在，我一定也會問同樣的問題，所以我急於想知道穆秀珍如何回答。

柳絮道：「秀珍她竟然說……竟然說：『去檢查每一個人的命數，和這堆數字相同的那一個人，就是我的父親！』——這話，接近……接近……」

柳絮沒有說下去，可是很明顯，穆秀珍這話，是接近瘋狂的了。

我不禁感到一陣難過，由於穆秀珍是那麼可愛的一個人，所以她內心的那種渴望，也格外使人同情。

但是同情並沒有用，同情並不能使不可能的事變成了可能。穆秀珍的所謂「可以知道父親是誰」，那是極不切實際的幻想！

第九部

電腦串連

康維和柳絮的想法，顯然和我一樣。康維道：「我當時，只是低聲叫了一句：『地球上有超過五十億人啊……』我知道這樣提醒她，未免殘忍，可是難道不說？」

柳絮苦笑：「可是秀珍卻亢奮之至，興致勃勃，她道：『我的目標不是全人類，只是男性，那就去了一半，又必然是黃種人，又去了三分之二，也肯定是中國人，又少了許多，而年齡不適合的，也可以不去考慮，我想，不會超過一億人！』我愈聽愈難過，別說檢查一億人的基因密碼，就算是一萬人，也難以實現。當時，我有一句話忍住了，不忍說出來。」

我也心情苦澀：「要是她的父親已不在人世，那又怎麼辦？」

柳絮道：「這正是我想說的，但是我不忍說，我了解她的心情，覺得讓她高興一下，也是好的。」

我道：「高興完了，豈不是更大的失望？」

柳絮卻道：「不會的，我們的失望，本來已經到底了，不可能再往下跌了。」

我有點「慘不忍聞」之感，柳絮道：「秀珍看來，十分認真，我曾建議她，應該和她的姐姐，木蘭花去商量一下，她卻說不用了。」

我疑惑：「她絕不是天性涼薄之人，何以拒絕？」

柳絮的回答是：「她怕木蘭花多心——孤兒要去尋找有血緣關係的親人，總會惹起後天關係的不快，她這樣做，倒是細心。」

我不由自主，搖了搖頭，因為我可以肯定，穆秀珍的想法不對，木蘭花絕不是這樣「多心」的人！

我又問：「她真的去實行……她的方法了？」

柳絮道：「她說是——不過，照我看，都是她一時狂熱，等到冷靜下來之後，她自然會知道，那是沒有可能做得到的事。」

說到這裏，我陡然想起一件事來，不由得心頭狂跳，我問：「秀珍對於她如何到義父那裏的，真的一無所知。」

柳絮道：「是，那時，時局極亂，不久又有侵略者的進攻，民間的抵抗，十分激烈，主要的人物都壯烈犧牲，木蘭花的家人把她從戰火堆中帶出來，她全然不知道自己的身世。」

我有點惱怒：「是誰那麼多事，終於把她的身世，告訴了她？」

柳絮當然無法回答這個問題，我又道：「其實，她根本不必去檢查一億人的命數，只需要檢查一百人，甚至五十人，或者更少。」

我突然那麼說，令康維和柳絮都大吃一驚，他們一起問：「你還知道些什麼？」

我想了一想才回答：「我略知秀珍的一些來歷。」

雖然我已小心想過了才回答，但是我的話，還是刺激得他們直跳了起來，我看到康維的口形，說了：「你這——」兩個字之後，立即閉上，也不知道他原來想罵我什麼，但想來必然不會是什麼讚美的稱呼。

我忙道：「稍安！稍安勿躁，我也是最近才知道的，你們也已知道了大概，詳細的經過是——」

我就把七叔當年，在船上遇到了那少婦的情形，說了一遍。

康維和柳絮都聽得十分用心，康維的雙眼之中，更不時有一種奇妙的光芒在閃耀，我知道那是他腦部快速運作的一種表現。

等我講完了之後，康維和柳絮對望了一眼。我先道：「柳絮，你對那一段歷史，應該再明白不過。」

柳絮道：「是，在受訓初期，那是必修課。」

我立即道：「你的意見是——」

我的意思是問她，那少婦的丈夫，也就是女嬰的父親，有可能是什麼人——因為柳絮對那一段歷史熟悉，所以她更有可能知道當時的一些什麼人，發生了什麼事。

柳絮發了片刻怔，才道：「我受訓練時所學到的歷史，我不敢確定有幾成是真實的。你知道，他們的歷史，每年都在變更，每年都有不同的版本。有一些人，在權力鬥爭中倒了下去，他們的名字就在歷史中消失，甚至他們的形象，也會從照片中被刪去！」

我當然知道這種情形，我道：「在早期，情形……或者會好一些。」

柳絮道：「那是他們的優秀傳統之一，一貫如此，於今尤烈。」

我道：「好了，你心目中以為最可能，會是什麼人？」

柳絮道：「那範圍雖然不大，我想，從高級人員來說，不會超過五百人——」

我的意見是：「可以把級別定得更高，因為在敵對陣營之中，那是一件非同小可的大案，不會是一般普通人員的家眷。」

柳絮眉心打結，她顯然還在計算，但康維已道：「當時，軍政不分，可以稱得上一級人員的，有一百一十三人，勉強再加上幾個，也至多一百二十人！」

我也不禁大是緊張，從一億多人的目標，忽然一下子減成了一百二十人，這是極大的進展。由此看來，穆秀珍要找她親人的願望，不是不能實現的。

柳絮也為之動容，三個人一時之間，誰都沒有再表示什麼。過了好一會，康維才道：「這……算它一百二十人之中，已有一百零九人死亡。」

我感嘆：「這是地球人生命的規律，任憑是帝王將相，都難逃一死。」

康維真的是電腦，他腦中的資料之豐富，實在駭人，他又道：「這一百零九個已死亡者之中，有三十七人，採取火葬，骨灰尚存，有案可稽。三十一人，死於戰火之中，可說屍骨無存，九人死得極慘，說是後來找到了遺骸，但不知是否可靠，只好當真的來紀念。一人的骨灰灑於五湖四海，神仙也再難找到絲毫，一人——」

他說到這裏，停了一停，沒有往下說——不用他往下說，我也知道這一人，並未火葬，屍體被保存了下來。

可是柳絮卻道：「我曾聽過流言，保存的屍體是假的，為求看起來好看，也好符合『永垂不朽』的稱號，真的屍體，也已火化。」

康維雙手一翻，雙眼向上，一副無可奈何的神情：「好了，雖然只有一百二十人，可是請問，用什麼方法，可以得到這一百二十人的生命數據？」

我瞪着熒光幕上，看來有點陰陽怪氣的康維，一句話也說不出來。

他的這個問題，其實答案很是簡單：「沒有可能！」

就算這一百二十人全在生，也都是黨政軍的一級要員，如何能強要他們來檢驗？更何況十之八九，已經作古，沒聽說在骨灰之中，也能查出一個人生前的生命數據來，剩下來的幾個人也全是風燭殘年，就算驗出了哪一個是穆秀珍的親人，又有什麼意義？

一想及此，我有豁然開朗之感，我表達了自己的意思：「看來，一切都只不過是一場鬧劇，鬧完了，可以一哄而散！」

康維立時有了回應：「同意。」

我又道：「倒是秀珍從何處，是什麼人，給了她這一大堆數字，這一點很值得研究。」

我提出的這一點，正是追查什麼人對地球人的生命研究已如此徹底的起點，康維自然更是大表贊同。

他道：「非弄清楚不可！」

我們兩個在說得起勁，停了下來，我才發覺柳絮的神情，看來很是寂寞。

康維也發現了，他望向柳絮。柳絮道：「對於你來說，那只是一場鬧劇，但是對我們來說，卻是一個希望的幻滅，傷心的悲劇。」

我和康維都不出聲，柳絮又道：「我自己，是已經絕望的了，但是我都希望秀珍不要像我一樣，所以我知道，她的心情和你們不同，別說有一線希望，就算只有萬分之一線的希望，她也必然會進行到底，不會放棄！」

我和康維都為之默然，過了一會，我才道：「若是秀珍要追查到底，我們自然也一定幫助。」

柳絮瞧了康維一眼：「只說幫助，沒有行動，這叫作『口惠而實不至』！」

康維叫起來：「我怎麼不採取行動了？」

柳絮道：「你就有一件事可做，你的那些電腦朋友，可以發揮作用，你就不肯和他們——」

柳絮的話才說到這裏，康維一伸手，就掩住了柳絮的口，神情和動作，都可笑之至，一望而知，他想掩飾什麼。

康維的掩飾功夫，雖然拙劣之極，但是我也知道，如果有什麼事，他不想說的話，那麼，世界上也沒有什麼力量可以令他說出來。

所以，我急速地在想，柳絮沒有說完的那句話，是什麼意思，什麼叫作

「那些電腦朋友」?又能發揮什麼作用?我只是略想了一想,就不禁心頭狂跳了起來!

康維十七世,本身就是一座電腦——是一座超級的,堪稱宇宙級的電腦!

而電腦和電腦之間,可以通過許多途徑,進行聯繫。理論上來說,凡在地球上的電腦,都可以連成一氣——如今這種現象還未曾普遍出現的原因,是由於人類的電腦文明還沒有發展到這一步。

但是康維不同,他不是地球人的電腦,他是宇宙級的電腦,也必然有超級的能力,可以聯絡地球上所有的電腦。也就是說,他可以動用地球上所有電腦中儲存的資料!

只怕他的能力,還遠不止此,在地球以外的若干電腦,也必然是他的「朋友」,他可以隨時借用朋友的資料!

也就是說,康維所掌握的,是全地球以及地球以外的許多資料!

一時之間,我又感到了全身不舒服——那是我對於電腦終將成為未來的主宰的一種恐懼和厭惡。

更何況，康維如今，還想隱藏他具有這種超級能力的事實，更不知是何居心了！

在我思潮起伏之際，我看到柳絮拉開了康維的手，道：「我不認為在衛君面前隱瞞事實是明智之舉——因為他必然會探索到真相。」

我不禁失聲：「你太捧我的場了。」

而康維則在解釋：「我不是故意隱瞞，而是衛君對電腦一直沒有好感，我怕惹他厭惡。」

柳絮道：「他之所以會厭惡，就是因為電腦鬼頭鬼腦，老想在人類面前，隱瞞什麼。」

康維嘆道：「電腦何曾想隱瞞什麼，一切全都擺明在那裏，只不過太多人視而不見，還以為自己在主宰電腦，這怎怪得了電腦？只怪那許多人太自信了，就像一個太自信的情人，不知道愛人早已移情別戀，還以為自己令對方很着迷！」

他們夫妻的對話，當然九成九是說給我聽的。

我立刻有反應：「好了，你們兩人，別一唱一和了，電腦朋友能發揮什麼作用，請告訴我！」

康維還沒有回答，柳絮已搶着道：「電腦之中，有着許多大人物的保健資料——」

她才說了一句，我就明白了——在電腦已經成為人類生活中必不可少的一部分之後，人與人之間，仍然有秘密。但是人和電腦之間，反而親密無間，再無秘密可言了。再秘密的資料，也必須給電腦知道，由它來保存、分類，要由它來分析、研究。

人的健康資料也一樣，必須經由電腦的處理——這也是現代醫學的精華。所以，通過電腦，來得到任何人的身體情報，是最直截了當的做法。

我有點懷疑的是，大人物的身體情況資料，是不是會包括他們的DNA遺傳基因的數據在內？

我把這一點，提了出來，康維仍然不出聲——他看來心事重重的樣子。

但是柳絮一聽了我的問題，就有點失態地大笑了起來：「當然有，他們那些人，多麼怕江山落到旁人的手中。秦始皇萬代相傳的妄想，在中國人的腦中生了根，弄清楚誰是誰的兒女，對他們來說，是最重要不過的事，而最正確的判定血統方法，就是檢驗ＤＮＡ的遺傳基因數據！他們早已都做過檢查了！」

柳絮所說的情形，令我感到了極度的噁心——這種秦始皇時代就產生的妄想，是一部分地球人落後如昆蟲的主要原因之一！

康維反過來安慰我：「照你們的說法，這——是自然現象。」

我冷笑：「對，大自然，像昆蟲一樣，一代代傳下去，穩固得很——別去說這些了，你的電腦朋友，是不是真的可以提供這方面的幫助？」

康維先向柳絮望了一眼，神情很是為難，接着，他道：「衛君，電腦，和人腦一樣，也各自有各自的原則。有的電腦，可以不顧一切，把自己所有的資料，出賣給他人，但是更多的電腦，都很有操守，如果是接受過絕對秘密的密碼輸入的資料，沒有密碼，是不肯把資料隨便給人的。」

我的話，有點不留情：「你是電腦之王，我不信你弄不到密碼。」

康維叫了起來：「正因為我是電腦之王，所以有責任維護電腦的這種操守，怎麼可能帶頭去破壞它呢？」

我還想說什麼，只見熒幕上的康維，漲紅了臉，連一蓬大鬍子，也在不斷顫抖，顯示他的心情，很是激動，他疾聲道：「衛斯理，你也有你自己為人的原則，也沒有什麼力量，可以破壞你的原則！」

我想說：「我不同，我是人，而電腦是電腦。」可是不等我開口，康維又已搶着說：「請尊重電腦——我們是另一形式的生命。我們這一形式的生命，更需要嚴格執行一些原則，不然，會有什麼的後果，你也可以想像！」

我又是惱怒，又是駭然，康維的話，可以說是一種威脅嗎？當然不能，可是聽了之後，就是令人感到極度的不舒服。

我煩躁道：「你不肯再行動就算了，何必說上那麼一大堆話！」

康維道：「我只是在解釋自己的處境。」

柳絮忽然冷笑：「其實，有辦法可以兩全其美，只是你不願意罷了——是不為也，非不能也！」

康維漲紅了臉，欲語又止，我在一旁不懷好意：「是什麼辦法，說來聽聽，由我來做公證，看看是不為，還是不能。」

柳絮道：「他可以把電腦資料集中，和這一堆數字作比較，然後得出結論，一切過程只有他知道，只有他維持原則，絕密的資料，依然絕密。」

我作狀想了一想：「不錯，這確然是兩全其美的一個好辦法。」

柳絮斜睨着康維，似怨非怨，似笑非笑，端的是風情萬種，柔情如水。康維這個新形式的生命，也抵受不住這樣的眼波，長嘆一聲，舉起雙手，作投降狀。

康維一面高舉雙手，一面道：「我已經向你說過了，可是你不相信。」

柳絮伸手向前一指——她知道我正面對着熒幕：「你對衛斯理說。」

康維叫起屈來：「你是我的妻子，難道我還會騙你不成？」

柳絮卻道：「這很難說，你們男人，最擅長騙妻子，卻不會騙朋友！」

康維作出一副無奈之狀，還向我作了一個鬼臉，對於他們兩人這樣打情罵俏，我並不是很欣賞，不過我也很樂意看到，在柳絮的心目中，康維和一個真正的活人，沒有什麼分別。

我催了一下：「是不是你私下已經進行過？結果怎麼樣？沒有一個是？」

康維雙手一攤：「這是可想而知的結果，能獲得資料的，都獲得了，可是沒有一個和穆女士的命數拉得上關係，也沒有一個和那一堆數字有關。」

我心中一動：「包括了那個屍體得到了完整保存的？」

康維很有深意地望了我一眼：「你到現在才想到？我是第一個就想到他的。」

我不由自主，氣息有點急促：「是他？他和一個八字頭的四位數……有很多傳説，説他和這個四位數有關，而那個四位數，就是這堆數字——」

康維向着我，用力一揮手：「是的，我也是由於這些傳説，所以才第一個留意他的。不過，事實證明，秀珍和他無關，這堆數字，也不是他的命數。」

我不服氣：「可是有很多事實，證明他對這個數字，極其敏感，他甚至把他御林軍的番號，也以這個數字來命定，這絕不可能是巧合吧！」

在一旁的柳絮，顯然是直到這時，才想到了這一點，所以她不由自主吸了一口氣，神情變得很古怪。

這也難怪她，因為她深知這種血統關係，在一個落後反動的社會之中，會產生什麼影響。

我在《大秘密》這個故事的「前言」之中，曾感慨繫之地說：「什麼人是什麼人的兒子，或什麼人不是什麼人的兒子，本來只是什麼人和什麼人之間的小事，可是在某種情形下，那可以成為影響到數以萬計人的大事，真是怪之極矣。」

而這種「怪之極矣」的情形，古已有之，於今尤烈。舉一個最容易明白的例子，古代，什麼人是什麼人的兒子，影響民生的，還只發生在一兩個人的身上，例如，太子是皇帝的兒子，這個太子將來是要當皇帝的，他是賢是愚，是人面還是獸心，就關係到了億萬人的死活。但那究竟還只是太子和皇帝之間的事。

可是，如今「太子」卻已成群成黨了。一大群豺狼，呼嘯而行，就是因為這一群是另一群的兒子。

柳絮在那個環境中成長，自然知道事情的嚴重性，所以她才會有那麼古怪可怕的神情。

我自然也知道事情非同小可，但是我卻知道穆秀珍的為人，就算她在血統上真和那人有關，她也只不過是了了一樁心願，斷然不會參加這權力圈子去禍國殃民的。

可是康維卻說「沒有任何關連」，那是他故意在隱瞞呢？還是實情如此？

康維的說法是：「這數字上的運用，我已不認為是巧合，我的假設是，他——最高領袖知道這堆數字的存在，也知有關這堆數字的事，他可能更知道這堆數字屬於什麼人，也就是說，他知道有關這堆數字的一切詳情。」

我聽得屏住了氣息，康維續道：「所以，他對這堆數字的印象極其深刻，自然，在替他的『御林軍』起番號之時，就順便用上了。」

康維並且強調：「除此之外，沒有別的解釋。」

我思緒仍是一片紊亂，柳絮道：「我覺得這個可能性不太大，整件事，有點難以自圓其說。」

康維道：「運用你的想像力，兩位，請運用你們的想像力，把當年的故事，拼湊起來！」

柳絮苦笑：「拼湊故事，也要有可拼湊的材料，不然怎麼拼，怎麼湊？」

康維悠然，甚至好整以暇，伸手理着大鬍子：「材料不少了，我先開個頭：在那個陣營之中，有一個地位顯赫的某甲，和一個美麗的女子，不論有戀情也好，沒有戀情也罷——」

柳絮忽然插言：「我寧願他們真有戀情！」

康維立刻同意：「好，在這種艱苦鬥爭的歲月裏，戎馬倥傯的光陰中，人人又都懷着以為可以實現的崇高理想，自然分外容易激起情懷的浪漫，爆發出愛情的火花——」

我不等他再發揮下去，就老實不客氣地加以攔阻：「你們長話短說好不好？」

第十部

編故事

康維像是料不到我會忽然之間，口出惡言，愕然道：「你怎麼啦？」

我狠狠地回答：「愈不是人，就愈是喜歡說你剛才那樣的廢話，還把它當作是人話！」

康維漲紅了臉，喘了好一會氣，像是噎着了一樣。過了好一會，他才緩過氣來：「你太過分了！」

我嘆氣：「對不起，我是對事不對人。請你繼續向下拼湊吧。」

康維這才道：「某甲和美女熱戀，不可避免她有了愛情的結晶——這裏，故事可以分兩方面發展，一方面是組織知道，並且批准。一方面是，戀情秘密，不為人知。」

他說到這裏，頓了一頓，倒是在徵求我和柳絮的意見。我搶先道：「若是當時組織批准，眾人皆知，那麼我七叔絕無查不到半分消息之理。」

柳絮也道：「說得是。」

康維點了點頭：「那就假設那是秘密戀情，但是再秘密，到有了孩子，也就紙包不住火了，那時的社會，大姑娘未婚有子，可是死罪！」

我和柳絮都同意，柳絮道：「其中一定有什麼特別的原因在。」

康維舉起手來：「又是有兩個可能，一是男的，那位某甲先生，擁有十分特殊的身分地位，所以事情仍能維持成秘密。一是那位女士，有特殊的身分地位。」

柳絮道：「有特殊身分的，自然是某甲先生，因為女方遭敵對陣營追捕，而敵對陣營追捕她，目的是由於她丈夫的身分。」

康維又道：「某甲先生的戀愛，在當時的環境下，合法還是非法？」

康維在這樣問的時候，目視柳絮——柳絮自然知道這一陣營中的「法」，她略一想：「這要看情形而定，女方看是可以信任的人，雙方又都未婚，那自然可以獲組織批准結婚，當然，某甲先生的權位要高，當個大頭兵，想娶老婆，雖然口號叫的是官兵平等，但實際上，一級有一級的待遇，和封建時代，一模一樣。」

康維反問：「如是正式成婚，自然更人人皆知了。」

我道：「是，由此可知，這關係非法。」

康維又問：「某甲的身分，要特殊到了什麼地步，才能不獲罪？」

柳絮道：「一般來説，政治問題，極其嚴重，生活腐化，或亂搞男女關係，雖然要受批評，但罪名不大，倒不需要太特別的身分。」

她説了之後，又補充道：「就在差不多前後時間，最高領袖，傾倒在跑碼頭的江湖女子軍褲之下，也還不是不了了之，承認了既成的事實嗎？」

我和康維，驚歎於柳絮的用詞話之恰當，都不禁笑了起來。

康維道：「可是，母女竟然不隨大隊，而會單獨行動，這又怎麼説服？」

我提抗議：「喂，要編故事的是你，怎麼什麼都要來問我們。」

康維的回答是：「集思廣益。」

柳絮先表示意見：「這某甲的地位不夠高，所以家眷不能隨大隊轉移。」

我道：「但是，看某甲先生的地位不夠高，敵對陣營，又何必如此大陣仗？」

康維道：「所以，我的意思是，這位某甲先生，一定是地位特殊之人——究竟特殊在什麼地方，我們還一點頭緒都沒有。」

道理。

我想說他這話說了等於沒有說，但是卻又不能不承認他的話，自有一定的道理。

我有點故意地道：「這某甲先生的特殊地位，或許找一個有關這方面的現代史專家問一問。」

柳絮果然有點惱怒：「我就是這方面的專家。」

我道：「可是，你都對某甲先生的特殊身分，一點概念也沒有。」

柳絮忽然明白了我的意思：「這不能怪我，那一定是一段絕少人知的秘密，試想，衛七先生直接參與了歷史，也查不出一點究竟來！」

康維堅持：「我想，最高領袖是知道的，而且，接觸過這堆數字。」

我重複了一句他的假設：「而且，他還知道這堆數字的意義。」

康維道：「我估計如此！」

我腦中靈光一閃：「如果情形是這樣，那麼，這堆數字，不見得是一個人的生命密碼！」

這一堆八千多位的數字，是一個人的生命密碼，這一點，是康維已經過研究之後，所得出的結論，我們也一直圍繞着這個結論在進行討論。

而我卻忽然從根本上否定了他的這個結論，自然令他愕然，連柳絮也大惑不解。

我忙聲明：「我的想法，還不具體。我只是感到，如果那是一個人的命數，除非那是最高領袖本身的命數，不然，不會引起他的注意，留下如此深刻的印象！」

康維道：「何以見得？」

我道：「這最高領袖，是一個極端自負的人，氣概之高，舉世無雙，連唐宗漢武成吉思汗，都不放在他的眼中，和他自己相比，都被他比了下去——有着如此心態的一個人，怎會把別人的命數收放在心中。這類心態的人，要成霸業，千萬人的性命，在他看來，不過是霸業一塊基石。他如何會把他人的命數，放在心中！」

康維望向柳絮，柳絮也望向康維，兩人對我的說法，難以反駁。

康維的眼中，閃閃放光，他的「腦細胞」，正在迅速運轉，我全神貫注地望定了他，過了好一會，他才喃喃地道：「我不知道，我不知道！」

我有點聲色俱厲：「你說『不知道』，那是什麼意思？」

康維神情恍惚，他用力拍打了自己的頭部一下，才道：「這堆數字，事實超乎我的知識範圍之外——」

我毫不留情地批評他：「是啊，你們各星體，對地球人的命數所知，比起地球人本身來，也好不了多少。」

康維居然肯為我的指責辯護，他道：「那樣說不公平，要好多了！」

我冷然道：「五十步笑百步而已。」

他認起真來：「如果地球人所知是五十步，那我們所知，至少是三萬步——只是這堆數字，已邁到了百萬步，自然出了我所能了解的範圍。」

我再強調我剛才所作的假設：「如果這堆數字，根本不是人的命數，是你弄錯了研究的方向，那麼，你不了解，也是很自然的事。」

康維雖然十足具有地球人的反應，可是有時候，他的邏輯，不免是電腦的，他道：「那也沒有什麼不同，一樣是有一堆在我知識範圍之外的數字。」

他說了之後，又在頭上拍打了幾下：「而且，我的行為還很自私，唉，那是……」

他猶豫了一下，沒有說出「那是」什麼來，但我卻可以猜得到，他一定想說「那是地球人的毛病」，我自然也只偽裝作聽不懂。

他又道：「我真沒有把這堆數字和其他星體的朋友共同研究，而是據為己有，想自己一個人，在這項研究之中，有所收穫。」

我嘆了一聲：「那麼，你現在準備——」

他道：「是，我準備公諸同好——也會把你的意見，告訴大家。」

我又感嘆：「其實，你也不算自私，那個算出了這一堆數字，也不知是哪一個星體上的人，才真自私，他們若是肯公布一下，什麼問題都解決了，也不必叫我們在黑暗中摸索了！」

康維道：「是，這一點，我也會提出來。」

我問：「你的意見是，會有一次星際會議。」

康維的回答是肯定的。

我不禁默然，我知道有類似的星際交往存在，也知道對地球有興趣的星際，甚至建立一個「觀察地帶」。我也知道這些星際人，對地球的研究，並沒有惡意，只有幫助，可是一聽到了，要舉行星際會議這類話，心中還是難免大不自在。

康維接着說：「你可以通過現在使用的電腦，參加我們的會議，你所知會和所有參與會議者的所知一樣。」

我並不「受寵若驚」，只是道：「會議的內容，我能懂嗎？」

康維想了一想：「我會送一個軟體給你，這個軟體可以翻譯你不懂的語言，使你盡量明白會議的內容。」

我只道：「謝謝你！」

康維道：「我這就發出邀請！」

接着，熒光幕上，便現出了我所看得懂的文字：「為第七〇四四號研究項目，建議召開討論會，起因由於一位地球人交來一堆含意不明之數字，初步疑與地球人生命數據有關，但不能確定，所以要聽取各方面意見。會議召集人：

康維十七世。會議附件，該組數字。」

然後，熒光幕上，靜了下來，我呆呆地等着，過了大約三分鐘，重又現出了柳絮和康維來。康維道：「三天以後的正午，會議開始——已有十七個星體接受邀請，到時，可能更多。」

我在這種事上，半分主也做不得，只能聽他的安排。

我把和康維打交道的經過，對七叔、白素和紅綾一說，三人的反應不同，七叔道：「太好了，能和外星人一起討論這麼深奧的問題。」

白素卻道：「秀珍音信全無，她要是不出現，總少了一個關鍵人物。」

而紅綾的反應，卻是誰也料不到，她高興得直跳了起來，叫：「希望可以見到媽媽的媽媽！」

她的這個希望，絕不能算是異想天開，白素的媽媽早已「成仙」，變了外星人，說不定她也是會議的參加者之一，康維曾解釋「七〇四四」號研究項目，是針對地球人的研究，本來身為地球人，自然對地球人有更深的了解，理應參加這一項目的研究。

我忽然又想到，要是原振俠醫生在，他一定會希望他那也變了外星人的海棠，也會參加會議！

七叔雖然一早就闖蕩江湖，見多識廣，但是對於和地球以外的高級生物溝通的經驗，卻並不豐富，所以他摩拳擦掌，很是緊張。

我想起在我少年時，第一次遇到「天兵天將」時的經歷，那次經歷，要不是七叔和當時另一名高級軍官對我的支持，我惹的麻煩，還真不輕。

如今已過去了那麼多年，當真是歲月如流，令人感慨繫之。

康維說他會送一個電腦軟體給我，可是卻大大出乎我的意料之外，送電腦來的，竟然是他和柳絮本人，這實在有點非同小可了。

那天，我先是聽到門鈴聲，紅綾貪熱鬧，她照例叫：「我去開門！」

我正在樓上，只聽得紅綾打開了門之後，先是「啊」地一聲充滿了驚訝的叫聲，接着，又是「咦」地一聲，也是驚訝之至。

從這兩個反應之中，我當然可以知道，來者一定不是等閒人物了！

但是，我還是未曾想到那會是康維和柳絮。

我一面問：「誰啊？」一面向樓梯走去，走不了幾級樓梯，就看到了門口的情形。

只見紅綾和康維，在門口面對面站着，伸手可及，康維瞪着紅綾，紅綾瞪着康維。

這時，我還沒有注意到在康維身後的柳絮，只是看到兩人互相瞪視的情形，很不尋常。

我知道自己女兒，不通人情世故，所以正待警告她「不得無禮」時，已聽得康維斥道：「怎麼一回事，沒見過陌生人嗎？」

紅綾和康維差不多高大，她眼如銅鈴，忽然伸手一指康維，大聲道：「假的！」

說了那兩個字之後，她再一伸手，竟抓住了康維的鬍子，再叫道：「也是假的！」

接着，她後退了一步，作了結論：「全是假的！」

剎那之間，康維的神情，古怪之極，竟然不知如何應付紅綾的「指責」。

我已大叫：「紅綾，不得無禮，他是——」

康維忽然很是悲哀，接上了紅綾的話：「是的，我是假的——假的總有被人看穿的時候。」

紅綾卻又搖頭，伸手在康維的胸口，打了一拳，紅綾的氣力大，「砰」地一聲，那一拳也實不輕，但康維自然不當一回事。

紅綾接着道：「你什麼都假，心倒是真的。」

紅綾所說的「心」，自然是泛義的，不是指「心臟」而言。

剎時之間，康維的神情，複雜之至，看得出，是高興和激動的混合，對於他這個機械人而言，我看再也沒有什麼比紅綾的話，更令他高興的了。

而他竟高興得說不出話來，這時，柳絮在康維的身後，閃了出來，笑道：「小妹妹，這個正是我嫁給他的原因！」

紅綾高興地拍手：「真好！你們一定是爸常說的——」

說到這裏，我已經下了樓，到了康維的面前，紅綾一見了我，也沒有再向下說。而康維直到此時，才緩過了一口氣來，伸手在自己的心口，拍了三下，向着紅綾：「你一語之褒，令我終生受用。」

他說得太文了，能夠一眼看穿康維並非血肉之軀的紅綾，不是十分聽得懂，只是咧着口傻笑。

這時，白素也下樓來了，她道：「孩子不通人情世故，說的可是實話。」

七叔也跟了下來——他自然已知道康維的來歷，忍不住極度好奇地望着康維，忽然一下子看到了柳絮，大吃一驚，指着柳絮，嘆道：「美女見得多了，未見過美到這樣絕色的！」

柳絮微笑：「七先生過獎了！」

康維則「呵呵」笑，摟住了柳絮。

（以上一段，假設紅綾和康維是初次見面，是因為這一段，很是有趣好看——由此也說明，小說是憑空創造，不必受任何拘束。）

康維和柳絮的到來，大大出乎我的意料，我看到柳絮指着一輛載物車，上面有一隻相當大的箱子，只當是行李箱，所以道：「你們準備住幾天？自然愈久愈好。」

康維道：「我們來和你們一起開會。」

他指着箱子：「這是一套比較先進的電腦，以及一些儀器，你這裏原來的設備太落後，不能應付開會所需——這些設備，開完會之後，我也懶得帶回去，就當送給你，作為小禮物吧！」

我一聽，這一喜非同小可，因為這「小禮物」，必然是人類科學未能企及的光輝文明——可以用作星際會議之用，差得到哪裏去？

康維看到我喜形於色，也很高興，他拍着我的肩：「你未必懂得用，但令嬡必然懂得。」

他轉向紅綾，忽然說了一句我聽不懂的話，紅綾笑着點了點頭。

他又道：「好，找一間房間，把我這套設備，先裝起來。」

我喝道：「慢着，剛才你對我女兒，說了什麼鬼話？」

康維道：「什麼鬼話，那是一種星際語，我問她，她的腦部，是不是經過——手術。」

在「手術」之前，又是我聽不懂的三個音節。

我只好苦笑：「那是什麼手術？」

康維和紅綾齊聲道：「恢復人類腦部原有功能。」

我默然。

科學家早已發現，人的腦部，億萬個細胞，一般人使用的，不足千分之一。也就是說，一直以來，人腦的功能，只不過發揮了不足千分之一而已。偶爾其中有數人，可以發揮到千分之二的，已經是人世出的奇才了。

若是可以把人腦的功能釋放到了千分之十，甚至千分之一百，或是千分之一千，那是一種什麼樣的情形，實在難以想像——或是可以說一句：到時，所有一切不可能的事，都會變成可能。

紅綾的腦功能經過釋放，也就是說，動過那個手術，在其事前，自然是她媽媽的媽媽。紅綾這種腦功能特殊的情形，地球人感覺不出，可是外星人一和紅綾見面，立即可以感覺得出，這種情形，屢見不鮮，康維自然也不會有例外。

當下紅綾道：「就裝在我的房間之中如何？」

康維向我和白素望來，我也自然不會有異議。把康維和柳絮，帶到了紅綾的房間之中，那房間雖大，可是凌亂之至。一進房間，看到了那張繩牀，康維便「咯咯」大笑起來。

紅綾並不發怒：「我做過一個時期野人，有些習慣改不了，所以愛睡繩牀。」

康維忙道：「我不是笑這個，我是說，這套設備裝好之後，其先進程度，人類科學遠遠未能及，和這原始的繩牀對比，相映成趣。」

紅綾側頭一想，也笑了起來。

康維打開箱子，取出許多儀器來，這些設備，有的我還可以約略叫出些名堂來，但更多的見所未見，也根本不知道是什麼用途。

怪的是康維只是略一說，紅綾只消稍想一想，就能明白，幫忙裝置，連柳絮在一旁，也插不上手，可是不多久，紅綾已是熟手之至。

康維連連感嘆：「衛斯理，你太好運氣了，什麼好事都叫你全佔了，這樣的女兒，唉，這樣的女兒——」

他的神情欣羡之至，我心想開他幾句玩笑，但一轉念間，想及他只是一個機械人，若是叫他也只「生一個女兒」，這玩笑未免過分了，所以就笑而不語。

而白素卻道：「你可以和她商量，用她的思想程式，作為你的女兒的主要思想……」

康維直跳了起來：「這可使得？」

我吃了一驚，忙道：「若是對我女兒會造成傷害，那自然使不得。」

康維向柳絮望去，柳絮立時點了點頭，康維道：「這是斷然不會，只是要耽擱約三十天時間。」

白素忙道：「孩子，你可願去康維先生那裏作客一個月，學些東西？」

紅綾連想也不想，就道：「能帶鷹兒去，有酒喝，我就去！」

康維大喜，忙道：「行！行！全無問題，衛君，你放心，斷然無言。」

白素笑道：「只怕大大有好處。」

康維笑：「未必，互相切磋一下，機會有的是。」

我知道白素的用意——紅綾雖然曾經過那個「手術」，腦部功能大增，但是知識的吸收，也還有一個一定的過程。以紅綾目前的情形而論，地球上能再讓她知識增加的人，難找之至，而康維卻是一個最現成的老師，難得他也喜歡紅綾，自是再好不過了。

我雖然有點不捨得女兒離開，但念及此步對紅綾必然大有進益，自然也不會反對。

至於後來紅綾去了康維的古堡，竟因之而生出許多事來，當時是誰也料不到的。

第十一部

特定的一秒鐘

有了我和白素的見證，康維和紅綾，登時關係親近了許多，兩人一面工作一面交談，能說的話之中，我、白素聽不懂的，愈來愈多。向柳絮望去，她也搖頭。白素一拉她：「我們另外找地方說話去！」

我也道：「弄好了叫我們！」

我們三人到了書房，泡上清茶，白素道：「你和秀珍的那種孤寂感，我可以理解，但其實那是地球人的一種情意結，沒有什麼大不了的！」

柳絮望着白素：「沒有法子，我是地球人啊！」

白素也承認：「確然是，不到那一步，不知道那一步的事。」

柳絮微微抬頭，目視遠方，慢慢地道：「從我懂事開始，我就不斷問自己，人一定有父母，而我的父母，又是什麼人，對我來說，這是一個謎，而這個謎對我意義重大之至，宇宙的奧秘對我而言，不算什麼，父母是誰，才是我的切身問題！」

我和白素，都為之默然，柳絮的來歷，我和白素都知道——她的父母是何等樣人，只怕沒有方法可以弄得明白了。

在這樣的情形下，自然勸也無法勸，柳絮又道：「秀珍的情形比我好，若是真能讓她明白自己的父母是誰，我心中也會好過些！」

我道：「通過康維，通過這次會議，如果仍不能弄清楚，只怕也沒有別的辦法了——只不過，我覺得，那堆數字，未必是和她的父母有關，只怕另有含義。」

柳絮還沒有再說什麼，已聽得紅綾叫道：「會議快開始了！」

康維也在叫：「快來！」

我，白素和柳絮，一起過去，只見儀器組合，看來十分凌亂，到處全是銜接的金屬線，由窗口，撐出了一根奇形怪狀的金屬管，管上竟不斷有暗藍色的火花在迸射，看來頗是詭異。

一幅極薄的，呈銀灰色的熒幕上，閃着光芒，大約每隔三秒鐘，便有一個奇形怪狀，無可形容的圖案出現，有的只有黑白二色，有的顏色艷麗之極。

紅綾道：「參加會議的星體，正在自報來歷。」

說話之間，我看到了一個三面晶體狀的圖案，那自然是三晶星人的徽號了。

再接着，是一團紫醬色有觸鬚的物體，我不禁「啊」地一聲：「是海棠……的那個星體。」

紅綾在圖形又變化了三四次之後，出現了一個羽狀雪白的花紋時，則發出了一下歡呼聲。我和白素互望，都知道那是「陳大小姐」所屬的那個星體的標誌。

康維忽然問：「用什麼標誌來代表地球？有地球人參加，我們要讓與會者知道。」

我和白素，對這個問題，一時之間，都不知如何回答才好。在地球上，每一國都有一個標誌，甚至有的家族，大大小小的機構，以及個人，都有一定的標誌。可是，卻沒有一個標誌，是代表整個地球的——這個小小的星體上，有智慧的生物，似乎從未想到過，會有向其他星體表示自己身分的時候。

在我們沒有答案時，紅綾已然伸手在一個有許多鍵盤的儀器上，飛快地按動，而在那熒幕上，也出現了一個地球的圖形，而且還在緩緩轉動，看來並不美麗，可是卻又有無比的親切感。

接着，是康維最後，按出了一個金屬的分子排列圖案，表示了他自己的身分。

會議開始了。

說是「會議」，但是和我們對會議的概念，大不相同。

紅綾在一旁解釋：「所有與會者，都表示自己的意見，最多與會者表達的意見，會首先出現在熒幕上，且看大家最多關注的是什麼——」

她說着，康維在操縱那鍵盤，熒幕上各種文字閃動，都是一閃而過，最後固定了下來的文字是：「穆秀珍在什麼情形下得到那堆數字？這個問題的答案，是整件事的關鍵，必須首先弄清楚。」

我心中暗忖「英雄所見略同」，我也認為這是最主要的關鍵，只可惜穆秀珍芳蹤杳然，這問題除她外，無人可以回答。

康維作為會議的發起人和主持人，他也無可奈何，他給與會者的答覆是：「目前無法與數字提供者穆秀珍女士聯絡，故無法獲知情形如何——穆女士的資料如下。」

他向紅綾望了一眼，紅綾立時按下了那幾個鍵盤。我知道，通過這個動作，穆秀珍的所有資料，都傳送了出去，資料之詳盡，猶如在本身所知之上，因為她是如何到穆家莊去的，連她自己，只怕也未曾知道。

康維見七叔神色遲疑，解說道：「在此之前，所有有關這堆數字的資料，也都交給各與會者了。」

七叔表示了他的不滿：「那麼多神通廣大的外星人，又是在地球上，應該可以知道穆秀珍的下落，把她找出來，主要的關鍵問題，就迎刃可解。」

康維道：「當然正在找，一有結果，我們立刻可以知道，現在，先來看看大家對這堆數字的意見。」

紅綾補充：「大家的意見，也依同意者的多寡而排列次序。」

在這樣的原則下，第一條意見是：「有某一星體，對地球的研究，有了大突破，但卻秘而未宣，請這一星體自動說明。」

在這條意見之後，熒幕上一片空白。

康維道：「這個星體並未與會——他們也許只是地球上的過客，略一逗留，就已離去。」

康維也把他們說的傳遠了出去，看來他的意見，被與會者接受了。

接着，出現的意見是：「開始的四個數字『一八九四』，恰好是地球上計算時間的方式，即公元一八九四年，若由此推斷，這堆數字，和地球上的事情有關，可以成立。」

這條意見的發表者，標記是白色的羽狀圖案。

我看到紅綾和白素雖然沒有出聲，但是口唇都動了動。這個白色羽狀標誌，是白素媽媽現在所屬的星體，這意見，是不是就是她的意思。

我看了這項意見，所想到的是，那堆數字的開始四個，確然是「一八九四」——在其他星球的人說，看到了這樣的四個數字，很難有什麼聯想，但是對地球人來說，那是一開始受教育起，就已經深入腦海的紀年方式，自然就很容易聯想到，那是公元一八九四年。

由此可知，發表這項意見的人，就算不會是地球人，也必然對地球的生活，熟悉之至——當然也大有可能，就是白素的令堂大人。

可是，除了這四個數字之外，還有八千多個數字，難道也都可以作這樣了解？那豈不是從一到一九九四，都可以視作紀年，從一到十二，又可以當作是月份，從一到三十一，可以視為日，一到二十四是小時……以此類推去理解？

如果是這樣的話，那麼在這一堆數字之中，可以先清理出一部分時間來了！

當我在這樣想的時候，只見熒幕之上，雜亂無章，全是大大小小的各種數字，有的交疊，有的閃動，亂成了一團，可以想像，那是眾多的與會者，都和我一樣，想在這一堆八千多位數字之中，理出一個頭緒來。

常言道，萬事起頭難，一個蠶繭，抽絲頭最難，一旦有了開始，說不定許多謎團，就可以迎刃而解了。

我雖然說參與了這樣的會議，可是我卻不知道如何才能把我想到的表達給所有的人知道。所以，我便把我想到的，說了出來，而且特別聲明：「把數字和地球上的時間聯繫起來的，並不是我，而是剛才表示意見的朋友，我同意這項設想，所以才有進一步的假設。」

一明瞭我的話，康維立時把我的意見，傳達了出去，從他的神情看來，他顯然很同意我的看法。

而我對自己的這個假設，也很有信心，因為那一堆數字的開始四個，是「一八九四」，接下來的十個，是「〇九一一一三四九五一」。

這十個數字，本來也是一點意義都沒有的，但如果照我的假設，那表示地球時間，就一目了然之至，加上頭四個，總共十四個數字，意思是：「公元一八九四年九月十一日十三時四十九分五十一秒」——那是這特定的一秒鐘的數字顯示！

我的意見，通過康維的操作，立刻在熒幕上顯示了出來，接觸到的人，雖然不知來自宇宙的那一個角落，但是在地球久了，自然也熟悉地球上的時間標示方法，所以，他們座談都可以接受我的設想。

果然，在又是一陣紛擾——雖然聽不到聲音，但是那情形，和眾多人七嘴八舌，各自發表着自己的意見，並無二致。過了一會，才出現了一個問題：「其餘的數字呢？例如，接下來的四個數字：『八三〇〇』又代表了什麼？也是時間的表現嗎？」

這顯然是大部分與會者，在知道了我的假設之後，所產生的問題。事實上，連我自己也有着同樣的問題，而且，我沒有答案。

所以，我的回答是：「我不知道，我只是提出了一個假設，我甚至不知道應該說幾個數字成一組，才有意義顯示。我假設那是標示時間，數字也有四個一組——年份，兩個一組——月份之分。其他的數字代表了什麼意義，要慢慢研究。」

然後，又是那雪白羽狀標誌發表意見：「先把有可能是展示時間的數字，全找出來。假設時間的展示，是一八九四年開始，那麼，凡是出於『一八九四』的四組數字，都可以視為是年份的展示。」

這意見，乍一看來，似乎很有道理，但是我立時覺得，大大不妥。

當然，不止是我一個人感到了大大不妥，可以說是「眾皆大嘩」——熒幕上的雜亂，難以形容。

至少經過了兩分鐘之久，才歸納出眾人不同意的意見來：「這樣說，任何一組四個數字，都可以是年份的顯示了，接下來的『八三〇〇』，豈不是公元八三〇〇年？當然不會是那樣。」

然後，又有一項意見：「我們先肯定了第一組十四個數字是代表了地球時間——如果那是一個特定的一秒鐘，我們應該先找出在這一秒鐘，在地球上有什麼大事發生，然後再作進一步的研究。」

這意見很快得到了大多數的認同——電腦「民主」之至，意見一有大多數認同，立刻就顯示出來，不然，只是雜亂的一片。

一時之間，又是一陣雜亂，然後，出現了另一個問題：「何以見得那特定的一秒，一定是在地球有事發生？」

這一問，是要把這「特定的一秒」，擴大到了全個宇宙去，那更不可能有答案了！

我向康維作了一個手勢，由我來回答這個問題：「這一堆數字，先是在一個地球嬰孩的襁褓中被發現，繼而又由一個地球人不知通過什麼途徑取得，所以我們假設那是在地球上有事發生。」

我的意見，竟很快得到了與會者的同意，這使我信心大增，我又道：「事情——不指是什麼事情，怎在特定的一秒鐘發生，但是再詳實的記載，也不可能記載到確切的那一秒，一般來說，都以『一天』為單位，所以我們想想，在那一天，甚至是那一個月，那一年，有什麼大事發生，也是好的。」

誰知道這一番話，卻招來了不少譏嘲：「地球人的記載法，太不可靠了。」

有的甚至說：「在地球的一八九四年，地球上有太多地方，甚至根本不知道有『秒』這樣的計時單位！」

我雖然沒有面對着這些與會者，但是也不免好一陣子面紅耳赤。

紅綾為我不平，傳出了她的意見：「那麼，就請記載精確的各位，例舉那一秒發生的事吧！要大事，至少是值得記載的！」

一時之間，熒幕上竟是一片空白。

紅綾逼問：「沒有？在那一秒鐘之內，沒有值得記載的事發生？」

熒幕上仍是一片空白。

紅綾再催：「好吧，那就只好照我說的意見，把時間的範圍擴大了——那一天，有什麼事發生？」

這一次，熒幕上有了反應。

約有十四五件，值得記載的事，是在那一天發生的——有的事，甚至有資料列入史冊。

至於是些什麼事，請各位自己去查「歷史大事年表」（如果有興趣），我自然有這樣的工具書，但如果我把這些事都抄錄下來，那我未免太熱中於展示我的「學問淵博」了，又至於那麼淺薄，所以免了。

總之，那些事，都不見得有什麼特點，而且，和後面的數字，也看不出有什麼聯繫來。

與會者顯然都很失望，因為這個假設，顯然「此路不通」，難以為繼了。

我不禁長嘆一聲，因為在這樣的一個會議上，若是仍不能解決問題的話，那麼，也可以說，這個問題，是無法解決的了！

這時，有的意見是：「這一組數字，可能另有意義。」也有的意見是：「數字是沒有星際界限的，儘管有不同的計算方法，但是都有數字。」

提出這項意見的，或許是想把事情跳出地球的範圍，但是立刻遭到了反駁：「這種從零到九的數字計算方法，是地球上的數字。」

我心中亂成一片，也不及去追問其他星體上的數字是怎樣的了。

的確，別說是一堆八千多位的數字，就算是一個八位數字，也幾乎可以作為任何用途，在用途不明的情況下，根本無法做進一步的研討。

在一輪紛紛的意見之後，意見又漸趨一致：「不找到穆秀珍，問題無法有進展——大家去找她，誰先找到她，就主催下一次會議。」

後來，紅綾發表觀感：「哼！也沒有什麼了不起，我們也早就知道，找到了秀珍阿姨，事情可以有突破。七八十種外星人，一起商討，結果還不是一樣。」

她的話，顯然有點孩子氣，可是事實也確是如此，這次會議，就在這樣的「結論」之中結束了。

康維對紅綾的話，也感到難以反駁，他的神情，有點尷尬。

紅綾又道：「難怪那麼多外星人研究地球，也沒有什麼結果，原來——」

她說到這裏，沒有再說下去，但不情之請，誰也可以看得出來。

康維嘆了一聲：「你說得是，去研究一個星球，根本——或許根本是多餘的事，永遠不會有結果。」

我反倒表示不同意見：「不能這樣說，我就相信，這一堆數字，必然是某個星體研究地球的結果之一，只不過我們解不開這個謎而已。」

柳絮很是失望：「數字——和秀珍的身世無關。」

大家都沉默了片刻，我才道：「很難說，要等秀珍出現了之後——」

我話才說到一半，書房的電話鈴聲響起，特殊的聲響，說明是那具特別電話，有人要求通話。

我去接電話，一拿起來，就聽到了穆秀珍的聲音：「衛大哥，你在找我。」

我不由自主，發出了一下怪叫：「我在找你？全宇宙都在找你。」

穆秀珍哈哈笑，我說得認真：「一點也不誇張，真的是全宇宙都在找你。」

穆秀珍忽然長嘆了一聲，聲音也變得無奈之至：「全宇宙都在找我，我卻在全宇宙找一個人。」

我呆了一呆，一時之間，不明白她這樣說，是什麼意思，我道：「如果你要在宇宙間找人，我倒可以幫助，因為不久之前，就有過一次宇宙性的會議，只要你一出現，立刻就可以有第二次。」

穆秀珍的聲音更是苦澀：「好，那請你先通知所有準備參加會議者，我要找一個人，這個人本來是地球人，他的名字是原振俠，他的職業是醫生！」

這幾句話一入耳，我不禁倒抽了一口涼氣！

我早就知道穆秀珍想找原振俠，但是我卻也一直不知道他們之間，有什麼糾葛，還在那個小島的時候，她在提及地想見到原振俠之際，就已經有掩不住的焦慮之色，看來，必然有十分重要的事情。

而尋找原振俠，那是宇宙之間，最困難的事了，瑪仙以愛神星的名義，籲請所有參加星際航行者進行協助，可是原振俠仍然音信全杳。

但是，他也不是一去無蹤，在一些零星的神秘事件中，他似乎又曾出現過，甚至於有迹象，顯示他曾目睹地球的形成——當真是不可思議之極。

看來，他總是處於時間和空間的「亂流」之中，不但沒有人可以找得到他，連他自己，好像也身不由主。

我愣住了出不得聲，穆秀珍性格大開大闔，她竟然「哈哈」大笑了起來：「衛大哥，你雖然神通廣大，剛才又誇下了海口，可是也幫不了忙了吧！」

我嘆了一聲：「這……可以從長計議，但是我七叔又出現了——」

我講到這裏，故意頓了一頓，穆秀珍何等機靈，立即就問：「那與我何干？」

我道：「關係極大，我們推測，當年，就是他把你抱到穆家莊裏，你的名字，也是他和穆莊主共同替你起的。」

穆秀珍的反應，也在我的意料之中——她是那種性格極度開朗的人，這一種人對事情的反應，直接而不做作，所以也最易料中。

她一秒鐘也沒有停，就道：「你等我，我這就來……」

她竟連她如今身在何處也沒有說，就掛上了電話，我想追問，也來不及了。

知道了穆秀珍要來，紅綾，白素和七叔，都顯得異常興奮。康維和柳絮也決定不離去，他立即設法和曾參與會議者聯絡，通知了這一新情況。

我估計穆秀珍是在法國和我通電話的，她也恰在我估計中的時間來到。

當她一陣風也似捲進來的時候，紅綾看見撲了上去，兩人擁在一起，互相拍打着對方的背部。

然後，她又和白素和我擁抱——她說擁抱是人類行為中最體現親熱的一種。

七叔站在一旁，目不轉睛地望着她，她也盯着七叔看。先是七叔搖頭——意思很明白，他無法從如今的穆秀珍身上，找到當年那個女嬰的影子了。

這是當然之事，有趣的是，穆秀珍也跟着搖頭，彷彿說她也記不得七叔了。

這種情景，自然有趣——哪有嬰兒能有記憶，可是接下來發生的事，卻看得我、白素和紅綾，目瞪口呆。只見穆秀珍仍是盯着七叔，可是卻取出了一張經過過膠密封處理的相片來，相片相當大，約有二十公分見方。她把相片遞向七叔。

我們還沒有看清相片上的是什麼，只見七叔接過了相片一看，剎時之間，口張得老大，卻沒有聲音——也不是完全沒有聲音，而是自他的喉嚨，發出了一陣古怪之聲，接着，他人就發起抖來，連連後退，先倒在一張沙發之上。

我、白素和紅綾，連忙趕過去，七叔不看我們，視線定在相片之上。

第十二部

原來是他

這時，我已看到，相片上是一個美麗脫俗，淡雅宜人的少婦。

那少婦神情略帶憂鬱，可是桃腮如畫，笑靨如花，所以一見難忘。

我和白素，迅速互望了一眼，心中疑惑之至——看七叔的反應，這相片中的少婦，必然就是當年在船上把女嬰交給他的那一位了。

但當時莫說處於如此惡劣的環境，即使是在全世界最發達和平的地區，也不可能有如此精美的彩色攝影，然則，這相片，從何而來？

自七叔失魂落魄的神態上來看，那少婦就是當年一見，惹他魂牽夢縈的人，殆無疑問了。

穆秀珍站着不動，聲音激動地問：「是不是她？」

七叔又陡然震動，然後連聲道：「是……是……這相片……這相片……」

穆秀珍道：「說來話長，請先說當年的事。」

七叔向我和白素指了一指，又向紅綾作了一個手勢要酒喝，他是要我們代說。

於是，我和白素，簡單扼要地把當年的經過，說了一遍，穆秀珍聽得十分用心。

等我們說完，穆秀珍問了一個我們意料之中的問題：「然則，我父親是誰？」

各人互望，無法回答她這一問題。

白素先打開僵局：「我們曾研究過——」

於是，再把七叔如何投身軍營，以及我們的研究結果，同穆秀珍一一說明。

但是穆秀珍聽了之後，卻仍然固執地問：「我父親是誰？」

這時，七叔已恢復了常態，他大口喝酒，朗聲道：「誰把你母親相片給你的，其人必知令尊是誰。」

穆秀珍轉向七叔望去，她的回答，令人感到意外之極，她道：「沒有人把照片給我。」

一時之間，人人都不出聲，只是望着她，等她作進一步地解釋——若沒有人把照片給她，她這相片，從何而來？

穆秀珍吸了一口氣：「大約在六年前開始，我就不斷做夢，夢見許多數字，醒來之後若是不記得，或是沒有把夢見的數字記下來，同樣的數字，就會在夢中重複出現，直到我記錄下來為止。」

我和白素互望了一眼，在我的經歷之中，有不少和夢境有關，但是穆秀珍的數字夢，聽來仍然怪誕無比。

穆秀珍續道：「我多方面去追尋何以會連續好幾年做這樣的夢，但是沒有結果。我在眾多有關夢的闡釋之中，採納了衛大哥的説法——夢，有可能是前生的記憶。我於是認為這些數字，可能和我的前生有關，所以我把它們記了下來，一直記到了八千三百四十一位，數字夢才算是結束了，但是我無法知道這些數字的含義。」

穆秀珍也喝了一大口酒，紅綾抓過瓶來，直灌了大半瓶方停。

穆秀珍又道：「然後，我就開始做夢見到她。」

她指了指那相片：「夢中的印象，如此深刻，我在醒來之後，可以把她的容貌，清楚地説出來。我請人畫了她的像，再經過電腦處理，變成有顏色的相片。」

七叔神情緊張：「在夢中，她可有對你説什麼？」

穆秀珍長長地吸了一口氣，神情疑惑之至。

過了約莫幾十秒，她才道：「有，她只翻來覆去，向我說一句話——」

七叔不由自主，陡然站起身來。我們也都以為那少婦在穆秀珍的夢中，所說的話，是和七叔有關的了——因為十分明顯，穆秀珍的「數字夢」和「人像夢」，都是由於她的腦部活動，受了外來力量的影響而產生的。

而這種「外來力量」，又顯然是來自她的母親——當年在船上的那個少婦！

那麼，這少婦對秀珍說的話，多半會和七叔有關了，當年，是她把女兒親手交給七叔的！

可是，穆秀珍接下來所說的話，卻令得我們都莫名其妙——她在說的時候，也不由自主搖着頭，可知她自己也不相信那一句話。

穆秀珍說的是：「在夢中，她稱我為『孩子』，她說：『孩子，去找原振俠，只有他，才能告訴你一切，去找原振俠醫生！』」

我們都怔怔地望定了穆秀珍，穆秀珍又道：「她還怕我聽不明白，把『原振俠醫生』五個字，寫了出來，可以讓我看到。」

這時，我們幾個人一起叫了起來：「怎麼可能呢？」

那少婦，不論她的身分如何，在她遇到七叔的時候或之前，都沒有可能知道有原振挾其人，因為那時，原振俠未曾出世。

所以，「不可能」是直接的反應。

但是，我立即想到，並不是不可能，天工大王曾以為原振俠是古代人，原振俠曾目擊地球的誕生，在時間和空間的錯亂之下，自然是可能的。

那少婦，曾遇到過原振俠醫生，多半，那一大堆數字，也是原振俠給她的，連她也不知道數字的含義是什麼，只有原振俠才知道。

原振俠神出鬼沒，只怕連他自己也不知身在何處，在時空錯亂之中，也就什麼都可能發生。

穆秀珍又道：「於是，我就找尋原振俠，我打聽到他的愛人瑪仙，是陶啟泉的義女——這就是上次我們能夠在那小島中見面的原因。」

事情發展到了這裏，真的可以說是急轉直下。只不過並不是轉到了水落石出，而是轉進了完完全全的一個死胡同之中！

本來，雖然事情沒有頭緒，但是總以為，只要穆秀珍一現身，就可以使所有問題都解決，誰知道事情會這樣？

如今，一切問題的關鍵，移到了原振俠醫生的身上，那真正是死路一條了——除非他自己忽然出現，不然，誰也找不到他，而更令人沮喪的是，極有可能，原振俠自己，對他是不是能出現，也無法控制！

這時，康維已經把穆秀珍的話，通過電腦，傳送出去，接到信息的各外星人，反應如何，可以在熒幕上好一陣子雜亂上看出來，他們和我們一樣，都感到了失望——早在瑪仙以愛神星的名義，要宇宙間幫助尋找原振俠開始，大家都已經知道原振俠處身於一個神秘莫測的環境之中。而且，他是怎麼進入這樣的環境中，和那究竟是一個什麼樣的環境，竟全然超出所有星體的知識範疇之外，以至連想像也無法想像。

所以，這件事既然要原振俠來解決，也就等於那是一個無限的謎，不會有機會解決的了。

大家想到的都一樣，所以，熒幕之上，在亂了一陣子之後，也就變成了一片空白。

穆秀珍攤了攤手：「完了！」

七叔首先附和：「完了！」

穆秀珍向七叔道：「自此之後，你再也沒見過她？」

七叔苦笑：「非但沒有再見過她，連她的消息，半分也無，就像根本未曾有過她這個人，就像一切，都只不過是一場夢！」

穆秀珍的性格再開朗，這時也不免有點黯然，她勉強打了一個「哈哈」：「可是我這個人卻是實實在在的存在，不是一場夢。」

我和白素都不知如何安慰她才好，紅綾大聲道：「你當然實實在在是我的秀珍阿姨！」

穆秀珍抱住了紅綾，她又問：「你可曾假設，她在脫離了敵人追蹤之後，反倒給自己人收拾了？」

七叔和柳絮首先點頭，柳絮道：「有可能——因為那是這一方面傳統的行事方式，基於八百多個原因，都可以令一個人，甚至一批隊伍，完全消失。」

是？」

穆秀珍長長吸了一口氣，大聲道：「不管如何，一切都早已過去了，是不是？」

我首先鼓掌：「太對了！」

康維酣呼：「拿酒來！」

紅綾應聲取來了一大瓶酒，大家輪流痛飲，似乎一下子把事情全忘了。等到各人都有了幾分酒意時，我偶然向熒幕看去，只見上面留有一項信息：「我還會盡可能去努力——明知沒有用，也要去試一試。」

留下這信息的星體，有一個白色的羽狀標記，我曾假設那是白素媽媽的星體。我這時也不知道她如何再去努力，所以也沒有放在心上。一直到了一個多月之後，又發生了一些事，才知道她的努力，起了一定的作用。

當時，康維、柳絮和穆秀珍離去，一宗如此神秘之謎，竟然虎頭蛇尾，如此沒有了下文，我心頭鬱悶之甚，為之不歡數日。

七叔更是長嗟短嘆，好幾次想要離去，是我竭力挽留，他才勉強住了下來。

一個多月之後，他已經把他這些年來的經歷，幾乎事無巨細，都說完了——他所說的一切，是一部現代史，其中不為外人所知的秘章之多，多如牛毛，而更多的，是駭人聽聞的事實。這些，我當然不一一列舉了。

卻說那一日，七叔又提出要離去，我已想不出什麼理由去挽留，忽然有了訪客。來人一行三人，為首一個，是氣派甚大的老者，約有七十多八十歲了，可是腰板挺直，神氣十足。另外兩人，則是中年人，看來很具官腔。

我正待請教姓名，只聽得七叔忽然大叫起來：「李達承，是你這老小子麼？那三槍打你不死，回你老家，你會當皇帝。」

那老者陡然一怔，視線越過我，望向我身後的七叔，神情疑惑，大叫一聲：「你怎麼會說這兩句話？」

七叔道：「我是韋司令。」那是七叔改頭換面，改名易姓之後，若干歲月中職銜之一。只見兩個老人，大聲酣呼，已經擁抱在一起，親熱無比。來人雖仍有大惑不解之情，但再無疑問。

等他們親熱完畢，七叔才向我介紹：「這位，是我當年的老戰友了，一起冒着槍林彈雨，不知打過多少硬仗，他叫李達承。」

事實上，自七叔一叫出他的名字來之後，我就知道他是什麼人了。

他是如今世上，尚存不多的一個極權政體中的主要人物。這個政體，在極度的極權統治之下，第一號人物準備傳位給兒子，那兒子於是被硬捧成為第二號人物。可是凡是獨裁政權，必然有各種各樣的鬥爭。那兒子荒淫無度，望之不似人君，威信極差，雖經一號人物硬捧，也難以服眾。所以李達承這個三號人物，地位就十分微妙——他不會升一級成為二號人物，而是隨時可能，躍居為一號人物！

那極權勢力所控制的地區，說大不大，說小不小，要掀起一場世界大戰，倒也綽有餘力，若干年前，已曾興風作浪，幾乎形成了第三次世界大戰。

這樣的一個獨裁巨頭，竟然會折節到訪，我真不知是應該榮幸，還是應該感到受了侮辱。

只聽得李達承道：「韋司令，在這裏遇見你，真太好了——你樣貌變了好多。唉，令姪據說是出了名地難請，有你在，那自然好辦了。」

他說得急，又講得有點語無倫次，但總算把他前來的目的說明白了——他是來請我的。

以他的身分來說，他代表誰來請我的呢？當然是那頭號人物了。這個已是世所罕有的獨裁者，為什麼要見我呢？

不但我疑惑，連七叔和白素，也大惑不解。七叔先道：「他的事，我可作不了主，你請想他幹什麼？」

李達承伸手向上指了指：「他想見令姪。」

我笑了起來：「草野閒人，如何能達異國君主天聽？」

李達承倒也爽快，他道：「有一堆數字，要和衛君你切磋一下。」

我不禁直跳了起來，李達承又一口氣念出了十四個數字來，正是那一堆數字開始的十四個。

我正在瞠目結舌，不知所以之間，七叔陡然大叫了一聲：「我明白了！」

我卻一點也不明白，向七叔望去，只見七叔的神情，感慨萬千，指着李達承：「我曾和他，一起在軍隊中。如今要見你的那人，也曾在我軍中，地位甚高，且又是異國人士，所以特別受禮遇，最高領導，也早知他必非池中之物，總有成為一國之主的可能，所以，禮遇又極其破格……是他……就是他……」

我也明白了！

那時，李達承他們的國家，遭到了亡國之痛，不少愛國志士，於是投身鄰國的軍隊之中，一則和共同的敵人作鬥爭；二則在戰火中鍛鍊自己，養成了一副未來出將入相的本領。如今領國之首，正是其中的佼佼者。

當然就是他，是那少婦的「丈夫」，是女嬰的父親——這也是為什麼七叔說什麼也打聽不出其人消息的原因，因為牽涉到了國際上的關係，那是超級秘密，知道的人，不但少之又少，也絕不會傳出去的！

而那少婦的下場如何，我剎時之間，感到了一股透骨的寒意——在「國家」這個大前提之下，一個縱使是千嬌百媚的美人，在「維護領袖的形象」原則下，當然可以被犧牲掉，像在黑板上抹掉一個寫錯的字一樣——領袖是要愈來愈偉大的，生活上連一點瑕疵都不能有，他應該是完人，百分之百的完人。

如今的頭號人物，當時雖然不是最高層，但身分特殊也和最高層無疑，所以才引起了敵對陣營的注意，才有大規模的追捕行動。

什麼。

而那少婦，看情形，也是首號人物的同胞居多。

白素自然也明白了，我們三個一起點頭，李達承莫名其妙，不知我們在說什麼。

我已爽快地道：「好，我去見他——七叔也去。」

李達承大喜，連聲道：「這就走！這就走！」

在他的歡呼聲中，我又想到，那美麗的少婦被犧牲的過程，一定悲慘無比——凡是冤死的人，腦部有異常的活動，能量也特別強，那自然也是若干年後，能影響穆秀珍腦部，使穆秀珍有這種異樣夢境的原因。

我堅信那少婦已被犧牲的主要原因，是因為靈魂的能量，容易影響另一個人的腦部，活人和活人之間，極少有這樣的例子。

我把這一點對七叔說了，七叔道：「見到了他，直接去問他。」

見頭號人物的過程，出乎意料之外的簡單，那自然是他也急着見我們的緣故，接見我們的，除了他之外，就只有李達承。

雖然他身形魁偉，但是英雄老矣，看來和別的老人，也沒有什麼分別，叱吒風雲的氣概，在暮年看來，也只是蒼涼。他摸着後頸——那是他的習慣動作，並不寒暄，就道：「達承，你開始說。」

李達承道：「一個月前開始，我國的幾座大型電腦，忽然遭到病毒的侵入——」

我和七叔面面相覷，因為我們再也料不到話題會這樣開始！

李達承吸了一口氣：「病毒令電腦出現了一連串莫名其妙的數字，經過迅速地了解，才知道這種病毒，在世界各地，都有出現，並且，在數字之後，有衛君你的名字。」

我苦笑，一時之間，難以想起那會是誰的傑作。

李達承又道：「世上任何人，對那串數字，都不會有任何感覺，只有英明偉大的領袖是例外。」

這時，頭號人物接上了口：「在我年輕的時候，曾經有一次奇遇，在那次奇遇之中，我得知了那堆數字。」

在那一剎間，我腦際靈光一閃，明白了兩件事。其一，那種「出現一大堆莫名其妙數字」的「電腦病毒」，一定是那白色羽狀標記星體的傑作——我假設那是白素的媽媽。她這樣做的目的，是想看看這一堆數字在全世界的範圍出現，會引起什麼樣的反應，現在有了結果。

第二件事，我想起的是穆秀珍的「夢」，在夢中，她的母親提到了原振俠醫生，而眼前的頭號人物，正是當年那美麗少婦的情人，他的「奇遇」，自然應該和那少婦有關連，所以我疾聲道：「是不是你曾遇到過一個自稱是原振俠醫生的人，給過你這一堆數字？」

頭號人物一聽，霍地站了起來，神情驚疑之極，大失領袖應有的威儀。

他失聲道：「你見過她？你……不可能見過她！」

他說得無頭無腦，但我立刻可以明白，七叔冷冷地道：「我見過她！」

頭號人物望向七叔，口唇顫動：「韋司令，那你知道，你應該知道，你一定知道……她在哪裏？」

七叔一字一頓：「你先告訴我，她在哪裏？」

這兩人的問答，像是在打啞謎，但是我知道，頭號人物問的是穆秀珍，他的女兒，七叔問的是那少婦。

頭號人物現出的是深切的悲哀，轉過身去，撫着後頸：「她……她……為了我們的事業，她……不適宜……不適宜……」這獨裁者不知曾處死過多少人，但這時，居然難以說下去。

我冷冷地道：「她不適宜繼續生存，是不是？」

頭號人物寬厚的背部，一陣顫抖：「是。」

我雙手緊握着拳，逃脫了敵人的虎口，卻遭到了自己人的毒手，這種事，在動盪混亂中，雖不新鮮，但仍然令人心寒。

七叔忽然道：「這早在意料之中——你問的她，我們不知道在哪裏！」

關於穆秀珍，七叔竟然這樣回答頭號人物，那大出我的意料之外，我知道七叔這樣做，必有原因，所以不動聲色，只當七叔說的是實話。

頭號人物疾轉過身來，盯住了七叔，目光淩厲之至，七叔很是鎮定：「我也一直在尋訪她的下落，若你希望見她，一有消息，我就通知你！」

頭號人物把手按在後頸上，神情黯然：「但盼我有生之年，能見到她，把……把我的一切都給她！」

我一聽，確實吃了一驚，因為他的「把一切都給她」，那是要穆秀珍去承接一個極端獨裁的政權，那也是一個危機四伏的權力鬥爭的陷阱——我明白了七叔的苦心，他不想穆秀珍跌進這樣的陷阱之中，穆秀珍毫無這方面的經驗，一跌進去，將會悲慘之至。

七叔神色不動：「那太好，我一定盡力去找。」

頭號人物忽然現出很是疲倦的神態，我道：「關於那堆數字——」

頭號人物道：「那一次奇遇……我一直以為是夢境……我和她正在熱戀，突然遇了……仙人，那仙人給了我們這堆數字，說這堆數字，是一百年地球上所發生的大事，要知道那些事，只要把數字輸入能解碼的電腦，就會一一顯示，再加上個人的生命密碼，就會顯示個人一生的遭遇。可是，那能解碼的電腦在何處？」

我和七叔互望，數字如果是原振俠所提供，那麼，原振俠在時間的錯亂之中，他所說的東西，可能要幾千年之後，才會出現。

頭號人物又道：「我只把這事，告訴過最高首領——」

我和七叔肅然——他口中的「最高首領」，當然是真正的「最高」。

頭號人物續道：「最高首領一看，十分驚奇，他說：『怎麼一回事，開始那幾個數字，正好是我的出生年月日時。』——確然是，那一百年，是從他出世開始算起，他出世給世界帶來一百年天翻地覆的變化，那些變化，是早已定下了的，如果能早知道——」

如果能早知道！

當然不能早知道！

如果能早知道呢？其實是一樣的，早知道，早不知道，事實不變。

頭號人物的聲音更疲倦：「現在，知道已沒有用，剛好過去了一百年，該發生的，已全發生了！」

是的，該發生的，在數難逃！

（全文完）

衛斯理小說典藏版　34

在數難逃

作　　者：　衛斯理（倪匡）
責任編輯：　陳綺嫻　　楊紫翠
封面設計：　李錦興
出　　版：　明窗出版社
發　　行：　明報出版社有限公司
　　　　　　香港柴灣嘉業街18號
　　　　　　明報工業中心A座15樓
電　　話：　2595 3215
傳　　眞：　2898 2646
網　　址：　https://books.mingpao.com/
電子郵箱：　mpp@mingpao.com
版　　次：　二〇二二年七月初版
I S B N：　978-988-8688-82-1
承　　印：　美雅印刷製本有限公司